小学館文庫

春風同心十手日記〈四〉

月光の剣

佐々木裕一

小学館

目次

主な登場人物

夏木慎吾《なつきしんご》……江戸北町奉行所定町廻り同心。天真一刀流免許皆伝。父親は榊原主計頭だが、正室の子ではないため、母の実家夏木家で育ち、祖父の跡を継いで同心になった。明るい性格。正義感にあふれ、町中で起きる事件に立ち向かう。

榊原主計頭忠之《さかきばらかずえのかみただゆき》……江戸北町奉行。慎吾の存在が妻にばれることを恐れ、真実を知る娘の望みを聞く。

久代《ひさよ》……忠之の妻。今のところ穏やか。

静香《しずか》……忠之の長女。明るい性格で、慎吾のことを兄として慕っている。

作彦《さくひこ》……夏木家の中間。忠臣で、慎吾のためならなんでもする。

五六蔵《ごろぞう》……深川永代寺門前仲町の岡っ引き。慎吾の祖父に恩がある。
若い頃のことは今のところ謎で、やくざの親分だったと慎吾は勝手に思っている。

千鶴《ちづる》……五六蔵の恋女房で、旅籠「浜屋」を切り回している元辰巳芸者。
五六蔵に金の心配をさせず、下っ引きも養っている。

松次郎《まつじろう》……下っ引き。伝吉の兄貴分。

伝吉《でんきち》……浜屋住み込みの下っ引き。足が速い。

又介《またすけ》……下っ引き。浜屋で楊枝を作る。女房のおけいと大店を持つのが夢。

田所兵吾之介《たどころひょうごのすけ》……江戸北町奉行所筆頭同心。
中間は竹吉。家族は妻の澄江と一人息子の万ノ丞。
慎吾と忠之が親子であることを知る数少ない人物。

国元華山《くにもとかざん》……霊岸島川口町に診療所を構える二代目町医者。
勤勉で、人体の秘密を知るため腑分けをする。

白井亨《しらいとおる》……天真一刀流二代目。慎吾の兄弟子。

松島宗雄《まつしまむねお》……江戸北町奉行所与力。

嘉八《かはち》　おふさ……夏木家の下男下女夫婦。

春風同心十手日記〈四〉　月光の剣

第一章　蛸壺長屋の騒動

一

中間《ちゅうげん》の作彦《さくひこ》を連れて見廻《みまわ》りに出ていた夏木慎吾《なつきしんご》は、今にも泣きそうだった空から落ちはじめた花冷えの雨を嫌って門前仲町《もんぜんなかちょう》に走ると、浜屋《はまや》の暖簾《のれん》を潜《くぐ》った。

「降ってきたか」

「ああぁ！」

いきなり、奥から女の悲鳴がした。

驚いた慎吾が中に足を進めると、板の間でこちらに尻を向けて四つん這《ば》いになり、少し開けた襖《ふすま》から部屋を覗《のぞ》き見している女が二人いた。

右の大きな尻は、仲居頭のおつねに違いなく、左の小ぶりな尻は、おそらくおなみだろう。

何をしているのか気になった慎吾は、後ろに向いて作彦に声を出すなと言い、様子を見た。おつねがでっぷりとした身体《からだ》を揺すってくすくす笑っているところをみると、どうやら事件ではなさそうだ。

そっと上がって近づいた慎吾が肩をたたくと、おつねが飛び上がるように驚いて振り向き、慎吾だとわかって安堵《あんど》の息を吐いた。

「ああもう、脅かさないでくださいよう」

小声で訴えるおつねに、慎吾は調子を合わせて声を潜めた。

「すまん、そんなつもりはなかったんだ」

心の臓が止まるかと思ったと言って胸を押さえるおつねに、笑って右手を立てて詫《わ》びた慎吾は、

「いったいなんの騒ぎだ？」

小声で言い、少しだけ開けられている襖の中を見ようとした。

「いけません」

おなみが止めた時、

「やめて、もうだめ」

などと懇願する声が部屋からして、また悲鳴をあげた。

おつねがくすりと笑う。

「女将《おかみ》さんが按摩《あんま》をしてもらっているんですよ。見たことない顔して悲鳴をあげてらっしゃるから、おかしくって」

泊り客が退《ひ》けた昼間を狙って、疲れた身体をほぐしているらしい。

「どれどれ」

おもしろそうだと慎吾が覗こうとしたが、おなみに後ろに引っ張られた。

「だめですってば、襦袢《じゆばん》一枚なんですから」

肌もあらわに、身体を揉《も》んでもらっているらしい。

おつねが楽しそうな顔をして、茶を淹《い》れるから座っていろという。

応じた慎吾はその場を離れ、作彦が待っている上がり框《がまち》に腰かけておつねに問う。

「とっつぁんは奥かい」

「今日は皆さんと出かけておいでですよ。昼過ぎにはお戻りになると言われてました」

「そうか。冷たい雨に濡《ぬ》れてなければいいが」

「急に降ってきましたからねぇ、朝は晴れていたのに」

おつねは湯呑《ゆの》みを取りに板場に入った。

「熱いですから気をつけて。作彦さんもどうぞ」

受け取った慎吾が渋めの茶をすすっていると、程なく背後の襖が開けられた。

按摩が終わったのかと思って振り向くと、茶の袷《あわせ》の裾を端折《はしょ》り、白い股引《ももひき》を穿《は》いた男が出てきた。禿頭《とくとう》の男は髭《ひげ》もなく、小ざっぱりした印象だ。三十代だろうか。

「それじゃ女将さん、五日後でよろしゅうござんすね」

奥に声をかけて頭をぺこりと下げると、千鶴《ちづる》の声が慎吾にも届いた。

「おつねちゃん。松《まつ》さんにお代を渡してちょうだいな」

敷布団から身を起こした桜色の襦袢姿が、松の横からちらりと見えたものだから、作彦が首を長くして覗き、鼻の下を伸ばした。

慎吾は、そろりとこちらに歩いてきた男に手を差し伸べた。

「あと一歩で土間だ。落ちぬようにな」

「こりゃどうも」

頭を下げて薄目を開けた男の目は、白く濁っていた。座頭なのだ。

おつねが代金と杖《つえ》を持たせると、松はこつこつと土間に杖を当てて探りながら表に向かい、そのまま帰った。

見ていた慎吾の背後で声がした。

「あら慎吾の旦那、いらっしゃい」

慎吾は笑顔で振り向く。

「雨が降ってきたから寄らせてもらった」

「ゆっくりして行ってくださいね」

身なりを整えた千鶴は、首筋が微《かす》かに桜色になっている。

「ずいぶん痛めつけられたようだな」

千鶴が恥ずかしそうに笑った。

「あらやだ。聞こえましたか」

「戸口まで届いていたぞ」

「腕がいいんですよ」

「今のが、近頃評判の松か」

長火鉢の前に座る千鶴が、湯呑みに茶を入れる手を止めて顔を向けた。

「旦那もご存じでしたか」

「町で小耳に挟んだだけだ」

「松さんにかかると、腰が痛いのなんか、すぐ治りますからねぇ。うちの人も、いいのを見つけたといって喜んでいるんですよ」

「とっつぁんは腰が悪いからな。で、女将はどこが悪いんだ」

「この歳《とし》になるとあちこち身体が痛むんですよ。軽くなるからってうちの人が言うものですから、診《み》てもらったんです」

「ふうん、そうかい。しかしあれだな、この歳と言っても、まだ三十過ぎじゃないか。女将にしちゃずいぶん弱気だな」

「嬉《うれ》しいこと言ってくれますね」

元辰巳《たつみ》芸者だけあって、歳よりずいぶん若く見える千鶴である。

「作彦なんざ、薄着だと聞いてさっきから鼻の下を伸ばしっぱなしだ」

「あら作彦さん、あたしに気があるの？」

妖艶な眼差《まなざ》しを向けられて、作彦は眉尻を下げた。

「旦那様も女将さんも、勘弁してくださいよ。あ、そうだ。旦那様、今度田所《たどころ》さんの腰を診てもらってはどうです？」

話を変えた作彦に、慎吾が応じる。

「おお、そうだな」

千鶴が心配そうな顔をした。

「まだお悪いんですか？」

「ぎっくり腰ってのは厄介なものらしくてな。歩けるようになりはしたが、軽い痛みが続いているらしい。雨の日は特に辛《つら》いとおっしゃっていた」

「ぎっくりは、忘れた頃にまたやるって言いますからねぇ」

「作彦が言うように、いっぺん診てもらうといいかもな。松の家を教えてくれぬか」

「それがね旦那、例の笹山《ささやま》の閻僧《えんぞう》が盗人宿《ぬすびとやど》にしていた大島町《おおしまちょう》の家なんですよう」

慎吾は驚いた。

笹山の閻僧とは、殺さず犯さずの大盗賊のことだが、女将が言うのは、急ぎ働きをする極悪人の二代目だ。

慎吾は、二代目が率いる一味が大島町の料亭松元《まつげん》に押し込んだところを一人残らず捕らえ、二代目は町奉行の裁きによって先日打ち首になったばかりだ。

慎吾は勘ぐった。

「まさかとっつぁんは、松が闇僧の仲間と疑って、探るために呼んでいるのじゃないだろうな」

千鶴は手をひらひらとやりながら笑った。

「違いますよ。松さんは家を闇僧から借りていただけで、家主がいなくなった今は家賃を払う先もなくなり、そのまま住んでいるんです。うちの人が一応調べたら、真っ当な暮らしをしているそうですよ」

慎吾は安堵した。

「では、借家が自分のものになったというわけだな」

「そういうことになりますかねぇ」

「まぁ、空き家で朽ちるよりはましか」

慎吾は格子窓の外に目を向けた。いつの間にか雨は上がっている。

「では、今から松の家に行ってみるか」

「せっかく来られたのですから、お昼を食べてくださいな。竹の子ご飯炊いたんですよ」

　作彦が明るい顔で応じる。

「もう竹の子があるんで？」

「ええそうよ」

　江戸は桜が咲いて間もないが、早いところでは顔を出しているらしく、百姓が売りに来たのを買ったらしい。

　椀《わん》によそった竹の子飯に熱々のすまし汁をかけて、ちょっとねぎをのせるのが浜屋の食べ方だ。竹の子の歯ごたえがたまらない。

　慎吾は一口食べて、微笑《ほほえ》んだ。

「旨《うま》い」

「春ですねぇ」

　作彦は目を閉じて上を向き、幸せそうな顔をしている。

　そこへ、暖簾を分けて伝吉《でんきち》が飛び込んで来た。座敷にいる慎吾を見るなり指差す。

「いた。やっと見つけた」

駆け寄った伝吉が、慎吾の前で膝に手を置いてかがみ、息を荒くしている。

「おい、慌ててどうしたのだ」

慎吾が箸を止めて訊《き》くと、

「旦那、人が刺されました」

額に玉の汗を浮かべた伝吉が言うには、五六蔵《ごろぞう》と見廻りをしていたところ、昼日中に、道端《みちばた》に人が倒れていたらしい。

慎吾は箸を置いて応じた。

「死んだのか」

「息はあります」

「医者は」

「今親分が、蛤町《はまぐりちょう》の自身番屋に運んで、松次郎《まつじろう》の兄貴が華山《かざん》先生を呼びに走ってます」

「よし、行こう」

慎吾は千鶴に竹の子飯の礼を言うと、表に駆け出した。

自身番には、町役人《ちょうやくにん》たちが詰めている。

慎吾が行くと、表で待っていた町役人が手招きして、中へ急がせた。

背中を刺されている男は、土間に置かれた戸板にうつ伏せにされていた。

慎吾に頭を下げた五六蔵が、渋い顔で告げる。

「旦那、刺されたのは磯屋《いそや》のあるじです」

馴染《なじ》みがある、黒江町《くろえちょう》の海産物問屋のあるじ周三郎《しゅうさぶろう》だと聞いて驚いた慎吾は、回り込んで顔を見た。

血の気がない顔に表情はなく、命の危機が迫っているのを慎吾に教える。

五六蔵が言うには、見つけた時から虫の息だったらしく、何も訊けていない。

番屋の小者《こもの》が傷口にさらしを当てて押さえているが、血が止まらないという。

「周三郎、しっかりしろ。誰にやられたんだ」

慎吾が耳元で声をかけるが、ぴくりともしない。

程なく、霊岸島《れいがんじま》の川口町《かわぐちちょう》から早駕籠《はやかご》を飛ばし、国元《くにもと》華山がやって来た。

慎吾の一つ年下の華山は、二十九にしては若く見える美人だが、真っ白い顔の怪《け》我人《がにん》を見るや、穏やかだった表情が一変して引き締まった。

医術の腕は男顔負けであるが、傷を診ると、慎吾に上げた厳しい顔を横に振った。

華山はそれでも何とかしようとしたのだが、手当の甲斐《かい》なく、周三郎は間もなく息を引き取った。

慎吾は骸《むくろ》に手を合わせ、悔しさに歯を食いしばった。

「下手人は必ず捕らえるから、成仏してくれ」

「惜しい人を亡くしました」

悔しがる五六蔵に、慎吾は顔を向けた。

「倒れていた場所に、手がかりになるような物はなかったか」

「急いで運びましたからよくは見ていませんが、それらしい物はなかったはずです。人通りがない路地ですから、見た者がいるかどうか……」

「いるかも知れぬから、近場から一軒ずつ探りを入れてくれ」

「承知しやした」

五六蔵は手下を引き連れて、聞き込みに向かった。

慎吾は華山に向く。

「すまないが、傷を調べてくれ」

華山は真顔で応じる。

「わかった」

「あとで行く」

そう告げた慎吾は自身番の者に、周三郎を華山の診療所に運ぶよう指図し、作彦を連れて磯屋に向かった。

二

「旦那様が？　夏木様、何かの間違いではございませんか」

磯屋番頭の波介《なみすけ》が青ざめた顔で訊きなおしたが、慎吾は目をつむって首を横に振った。

突然の訃報に触れて、番頭と共にいた妻のおやすは目まいを起こしてしまい、女中に支えられている。

店に客がいなかったので大きな騒ぎにはならなかったが、異変に気付いた娘のひづるが奥の部屋から出てきて、女中に介抱されているおやすを見て驚き、駆け寄った。

まだ十になったばかりの娘に聞こえぬように、慎吾は番頭の袖を引き、外に連れ出した。

「今は、霊岸島川口町の国元華山のところで預かっている」

「では、すぐお迎えにまいります」

「いや、一日待ってくれ」

波介が不思議そうな顔をした。

「どうしてです？」

「下手人を探す手がかりを見つけるために、傷を調べてもらっているからだ」

「さようでございましたか。では、明日の朝でよろしいでしょうか」

「うむ。それから、周三郎の周りで変わったことはなかったか」

「と、おっしゃいますと」

鈍い男だと、慎吾は番頭の目を見据えた。

「人に恨まれたり、揉めていたことはないか」

「揉めごとはございます」

波介は躊躇《ためら》いがちに答え、人目を気にして、声音《こわね》を下げて続けた。

それによると、磯屋は深川《ふかがわ》のあちこちに家や土地を持っていて、大島町にも蛸壺《たこつぼ》という変わった名の長屋を持っているのだが、この土地をめぐって揉めごとが起きていた。

新吉原《しんよしわら》の福満屋右兵衛《ふくまんやうへえ》が、商売の手を広げるため大きな舟宿を建てようとしているらしく、蛸壺長屋を含めた周辺の土地を手に入れようとして、売れ売らぬで地主と揉めているのだ。

周三郎は、蛸壺長屋で平穏に暮らしていた漁師たちのために、初めは小店《こだな》の持ち主たちと結束して土地を守っていたのだが、日高《ひだか》の虎吾郎《とらごろう》というやくざが売買の交渉に口を出すようになってからは、小店のあるじたちは度重なるいやがらせに根負けしてしまい、次々と離れていった。残っているのは蛸壺長屋と、隣家に暮らす数名だけだという。

そこまで聞いた慎吾は、渋い顔で腕組みをした。

「日高家と言えば、近頃上野《うえの》あたりを縄張りにしている奴らだな」

「はい」

「古い家を解体する仕事を手掛けて羽振りがいいが、元はやくざ者だ」

「おっしゃるとおりで、先日、がらの悪い連中が蛸壺長屋に来て、勝手に店子たちに立ち退《の》きを迫ったのです。長屋に暮らしているのは気の荒い漁師たちなものですから、大喧嘩《おおげんか》になったんですよ」

「そんなことがあったとは聞いてないぞ」

　慎吾が表情を厳しくすると、波介が首を縮めた。

「旦那様が止めに入られて、何とか治まったものですから」

「今もいやがらせが続いているのか」

「いえ。あの日から半月経《た》ちましたが、何もありません」

「日高の者が店に来たことは」

「二度ほどありましたが、脅すような口ぶりではなく、旦那様と話し込んでいる様子でした」

「周三郎が、うるさいやくざを大人《おとな》しくさせるために、いくらか金をにぎらせたのではないか」

「そのような話は、一切聞いておりません」

気を落とす番頭に、慎吾は元気を出せと言って肩をたたいた。

「周三郎が帰らぬ人となった今、この店はお前さんの肩にかかっている。そうだろう」

「はい」

「残されたご新造と娘のためにも、しっかりしろ。周三郎がいなくなって、狙ったように日高の者が来たらすぐに知らせてくれ」

「承知しました」

慎吾は番頭を店に帰してやり、蛸壺長屋に足を向けた。

後ろに続く作彦が声をかけてきたのは、人気《ひとけ》がない堀端の道に入った時だ。

「旦那様、日高一家の者が下手人でしょうか」

「決めるのはまだ早いが、今のところもっとも怪しいな」

そう答えた慎吾は、空き家の目立つ小店が並ぶ通りを歩み、蛸壺長屋の木戸を潜った。

寂しい通りとは違って、長屋の路地では子供たちが遊び、朝が早い漁師の家は早くも夕餉《ゆうげ》の支度にかかっているのか、炭や薪《まき》の煙が立ち込めている。

外に干した魚を狙う猫に声を荒らげる女房がいれば、通りの角で小便をする小僧を見つけて叱る母親もいる。

慎吾は思わず笑みを浮かべた。

「にぎやかでいいじゃないか。長屋はこうじゃないとな」

「まったくおっしゃるとおりで」

答えた作彦も、楽しそうにあたりを見ている。

暗く静まり返る長屋にくらべれば、ここには活気がある。亭主がきちんと稼ぎを持って帰り、元気な女房たちが家を守っている証《あか》しだ。

慎吾は路地を奥へ進み、井戸端で仕事をしている女房たちに声をかけた。

「いい天気だな」

「あら、八丁堀《はっちょうぼり》の日那」

菜の花を洗う手を止めて応じた女房に、慎吾が微笑む。

「おそね、ちと訊きたいことがあるんだがな」

「はいはい、なんでしょう」

「この長屋は今、立ち退きのことで揉めていると聞いたがほんとうか」

途端に、女房たちの顔が険しくなるかと思いきや、誰もが笑った。

特におそねは、明るく応じる。

「旦那、あんなのうちの人の喧嘩にくらべたら、たいしたことじゃないですよう」

「相手はやくざだと聞いたぞ」

「確かにがらの悪い連中が来ましたけどね、磯屋の旦那様が追っ払ってくださいました」

「その磯屋だがな、死んじまったぜ」

「えっ！」

おそねが両手で口を塞ぎ、女房たちは不安そうに顔を見合わせた。

おそねが太い腕で慎吾の腕をつかみ、詰め寄った。

「旦那、藪《やぶ》から棒に悪い冗談はよしてくださいよ」

「冗談でこんなことが言えるか」

「ほんとうに、亡くなったのですか」

「うむ」

他の女房が口を開く。

「一昨日《おととい》見た時はお元気でしたのに、どうして亡くなったんです。頓死ですか」

慎吾は首を横に振った。

誰かに殺されたと言う前に、おそねや女房たちは不安そうな顔で身を寄せ合い、小声で何かを言いはじめた。

慎吾は歩み寄って問う。

「やっぱり、心当たりがあるんだな」

すると、女房たちは口を閉じてうつむいた。

「おそね、どうなんだ」

おそねは、悔しそうな顔を慎吾に向けた。

「あいつらに決まってますよ」

「日高一家のことを言っているのか」

「そうですよ。ここで大騒動になった時、旦那様は、土地を売らないって、あたしたちの前ではっきり言ってくださったんです。そしたらあいつら、夜道に気をつけろって、旦那様に脅し文句をぶつけて帰ったんです」

「そいつの名前は」

「知らないよう。でも、子分たちに偉そうにしてたから、親分じゃないですかね」

おそねはこうしちゃいられないと言い、女房たちに周三郎の弔いを手伝おうと声をかけて、先に立って磯屋に行こうとした。

「待ておそね。周三郎はまだ家に戻っていないぞ」

「どうしてです？」

「どのように襲われて命を落としたか、医者に調べてもらっている」

長屋の腰高障子が勢いよく開けられ、おそねの亭主の久米吉《くめきち》が大あくびをしながら出てきたのはその時だ。

こちらを見ていない久米吉に顔を向けた慎吾に、おそねが言う。

「今日は風のせいで海が時化《しけ》ていて、昼からふて寝をしていたんです」

女房の声に気付いて顔を向けた久米吉が慎吾を見て驚き、ぺこりと頭を下げた。

「旦那、何かあったんで？」

慎吾が答える前に、おそねが駆け寄った。

「お前さん、大変だよ」

周三郎の死を知った久米吉が、大きな口を開けて目を丸くした。

「ちきしょう！　誰がやりやがった！」

怒鳴った久米吉は着物の袖をまくり上げ、日高一家の野郎かと息巻いた。

慎吾が歩み寄って言う。

「おい久米吉、妙な気を起こすんじゃないぞ」

久米吉は、日に焼けた顔を向ける。

「でもよ旦那、奴らに決まってらぁな。この前といい、好き勝手しやがって、黙っていたんじゃ気がすまねぇや。みんなを連れて、殴り込んでやらぁな」

「まだ下手人と決まってもおらぬのに、手を出すんじゃない。今おれが調べているところだから、下手に騒いで邪魔するな。いいな」

久米吉は、悔しげに唾を吐き捨てた。そして、路地の奥にある家を睨《にら》み、不機嫌に言う。

「旦那、あれを見てみなよ」

慎吾が応じて顔を向けると、まだ何も知らぬ大家の由吉《ゆきち》が、呑気《のんき》な顔でこちらに歩いて来ていた。

慎吾たちに気付いた由吉が、

「これはこれは皆さん、雨が止《や》んでよかったですねぇ」

顔に見合う穏やかな声で告げて、笑みを浮かべた。

「この野郎」

怒りをあらわに前に出ようとした久米吉の襟首をつかんで止めたのは、女房のおそねだ。

久米吉よりも先に言わなきゃ気がすまない様子で、おそねが怒りをぶつける。

「何を呑気なこと言ってるのさ」

「へ？」

「へじゃないよまったく。だいたいね、あんたがそんなだから、やくざなんかに舐《な》められるんだよ。あの時ぴしっと言って追い返してりゃ、旦那様が恨まれなくてすんだんだ」

何が何だかわからぬ由吉は、口をあんぐりと開けて説教を受けている。

ようやくおそねが口を閉じたところで、由吉は訊いた。

「旦那様が、どうかしなさったので？」

「このうすら馬鹿！　殺されちまったんだよう！」

「えっ！」

ようやく飲み込めた由吉は、顔を強張《こわば》らせた。そして急に脅えだし、小走りで慎吾に近づくと、あたりを見回して口を開く。

「旦那、助けてください。きっとわたしも狙われます」

「やはり、お前さんも日高一家の仕業《しわざ》と思うか」

「さあ」

「さあ？」

「でも、旦那が思われるなら、そうなのでしょう。ここから出ていったほうがよろしいのでしょうか」

返答に困った慎吾の後ろで、

「かぁ、これだよ」

と、落胆の声を吐いた久米吉や女房たちが、頭を抱えている。

女房の一人が由吉を罵《ののし》った。

「あたしたちより自分の心配かい。まったく頼りないったらありゃしないよ」

雇われとはいえ、長屋の差配をする大家にとって、住人は子と同じだ。

子より己の身を案じる由吉の頼りなさに、皆呆《あき》れ果てている。

「ぼさっとしてないで、磯屋に行って助けてあげなさいよ」

別の女房が怒ると、由吉は泣きそうな顔をして、逃げるように駆けだし、磯屋に向かった。

猫背の後ろ姿を見て、おそねが言う。

「情けない人だよ。あんなだから、女房に逃げられるんだ」

由吉が長屋の大家として雇われたのは二年前だが、歳も四十を過ぎたばかりで気性も穏やかだったので、女房たちに人気があった。

だが、娘と言えるほど年が離れた若い女と所帯を持った頃から仕事に身が入らなくなり、頼りない男だと陰口をたたかれるようになっていた。

「由吉の奴、女房に逃げられたのか」

慎吾が訊くと、おそねが鼻で笑った。

「見てのとおりだから、愛想をつかされたんですよ。芸者上がりかなんだか知りませんけど、派手な女房だったからね。雇われ大家じゃ、満足できなかったんじゃないでしょうかね」

二月《ふたつき》ほど前から、姿を見なくなったという。

「そうなのか。みんなに羨《うらや》ましがられていたのにな。なあ久米吉」

水を向けられた久米吉はぎょっとして、ちらとおそねを見た。

「さ、さあ、あっしは興味なかったですが」

するとおそねが、きっとした目を向けた。

「よく言うよ。あの女がここを通るたびに、舐めるように見ていたくせに」

「あは、あはは」

笑って誤魔化す久米吉を尻目に、おそねが慎吾に言う。

「それより旦那、あたしたちどうしたらいいですかね」

「うん？」

「磯屋の旦那様がいなくなっちまったから、今度はおかみさんたちが狙われるんじゃ。今日からみんなで手分けして、磯屋さんを見張りましょうか」

「おいおい、危ないことを考えるな。それよりも、お前さんたちは自分たちのことを考えろ」

「あたしたちの何をです？」

「相手がやくざなら、立ち退かせるために何をしてくるかわからぬから、気をつけろと言ってるのだ」

久米吉が腕まくりをした。

「旦那、奴らがまた来やがったら、今度こそ八つ裂きにしてやりますぜ」

「おい久米吉、お前は二六時中家におるのか？」

「そ、そりゃぁ……」

漁師は魚を獲《と》らなければすぐに食えなくなる。

うな垂れた久米吉の肩をたたいた慎吾は、この場にいる者たちに告げた。

「お前たちの気持ちはわかるが、やくざなんかと争ってはだめだ。奴らが来たら、相手にしないですぐ番屋に知らせろ。いいな」

「へい」

素直に応じた久米吉に続いて、長屋の連中も応じた。

慎吾は皆に邪魔をしたと言って、長屋をあとにした。

三

翌日、調べを終えた華山の診療所に、磯屋の者たちが来た。

「お前様」

「おとっつぁん」

物言わぬ周三郎を前にして、妻と娘が泣き崩れた。

家族をよく知る五六蔵は、伝吉たちを押しのけて外へ出た。

憐憫《れんびん》の目を母娘に向けつつ、五六蔵の泣き声を聞きながら黙って座っていた慎吾に、作彦がそっと教えた。

「親分は、おかみさんが小さい時から付き合いがあったらしいですね」

作彦が言うには、歳は一回り違うが妹のように可愛《かわい》がっていたらしく、五六蔵はおやすが悲しむ姿を見て辛くなったのだ。

「八丁堀、ちょっと」

華山の声に顔を向けると、目配せされた。

応じた慎吾は、あとを追って裏庭へ出た。

井戸端に行くと、華山は向き合い、厳しい目を向けた。手には匕首《あいくち》を持っている。

「おそらく刃物は、これと同じ物ね。背中を突かれたあとで、こうされているわ」

華山が両手で突く真似《まね》をすると、刀身を回して見せた。

「臓腑《ぞうふ》がずたずたになってたから、かなり苦しまれたと思う」

慎吾は舌打ちをして、華山の目を見た。

「人を殺《あや》めるのに慣れた者の仕業か」

「そのようね」

華山は刃物を鞘《さや》に納め、争った跡はないと付け加えた。後ろからいきなり襲われ、顔を見ることもできなかったはずだと教えられた慎吾は、卑劣なやり口に怒りを覚えた。

やくざ者なら、どうすれば間違いなく人が死ぬか知っていても不思議ではない。今すぐ乗り込んでしょっ引きたいところだが、確かな証しがない。

「悪党め……」

慎吾は地面を蹴った。必ず捕らえると自分に言い聞かせて、華山に訊く。

「他に、何か手がかりになるようなものはなかったか。爪で引っかいた痕はどうだ」

　華山は表情が浮かない顔を横に振った。

「残念だけど、何もなかったわ。さっきも言ったように、後ろから襲われて、抗《あらが》うこともできなかったのじゃないかしら」

「とっつぁんの調べでも、怪しい者を見た者が一人もでてこない。場所が場所だけに、知っていても黙っているのかもしれんがな」

「見つかったのは、物騒な場所なの」

「ああ、お上の目を盗んで商売をする輩《やから》が集まる場所だ。善人で名が知られた周三郎が何であんなところに行ったのか、さっぱりわからん」

「誰かに呼び出されたんじゃないの？　やくざ者はどうかしら」

「日高一家の者が呼び出したのなら、相手にするとは思えない」

　慎吾は福満屋も怪しいと睨んでいるが、まずは見た者を探すべきだと考えているので口には出さなかった。

「もう一度、周三郎が倒れていた場所に行ってみる。世話になったな」

背を返した慎吾を、華山が呼び止めた。

「八丁堀……」

「うむ？」

「下手人は手練《てだれ》のようだから、気をつけて」

「おう。ありがとよ」

背を向けて手を振る慎吾の姿を、華山は不安そうに見つめた。

診療所を出た慎吾は、磯屋に運ばれる周三郎を見送ると、五六蔵と作彦を連れて殺しがあった場所に行った。

堀川の水が深緑色に汚れた町の一角は、通りから外れて人目にもつきにくいとあって、良からぬことをたくらむ者どもが集まっている。

慎吾たちが町に近づいているのを見張りによって素早く知らされたらしく、気持ちの良い陽気にもかかわらず、どの家も戸が閉《た》てられ、声もしなければ、路地には猫の子一匹いない。

それでいて、あちこちに妙な気配だけはある。障子や戸板の隙間から、こちらを見ている気配だ。

「旦那、気をつけておくんなさいよ」

五六蔵があたりに目を配りながら言った。

慎吾は羽織の袖に手を入れて、腕組みをして歩いた。

薄青色の着物の帯には、刃引きの刀を差し、十手を落とし込んでいる。

十手同様大事にしている愛染国定の脇差《わきざし》は、北町奉行、榊原主計頭忠之《さかきばらかずえのかみただゆき》が、息子のためにと、慎吾の母に託したものだ。

慎吾は、亡き母と忠之のあいだに生まれた子であるが、忠之には久代《ひさよ》という正妻がいる。当時忠之は町奉行ではなかったが、北町同心の娘と相惚《あいぼ》れになり、慎吾が生まれた。

忠之はその事実を正妻に打ち明けることなく、今に至っている。

ゆえに慎吾は、榊原の家に入ることなど考えたこともなく、育ててくれた祖父、夏木周吾《しゆうご》の跡を継いで、三十俵二人扶持《ぶち》の平同心を立派に務めているのだ。

黒染めの羽織を着て歩く姿は、誰の目からも一目で町奉行所の同心とわかるだけに、物騒な町でも、いきなり飛びかかってくる者はさすがにいない。

周三郎が倒れていたのは、髪結の看板を掲げた家の軒先だった。

今は商売をしておらず、老翁が一人で住んでいて、昼間は長屋のごみを集めて回っているため、留守の日が多い。

老翁は周三郎が刺された日も日が暮れてから帰ってきたため、事件のことは知らなかった。

誰がしたのか、周三郎が倒れていた場所に塩が盛ってある。

慎吾はそこを通り過ぎて、障子を閉てられた格子窓の前で足を止めた。

十手を引き抜き、指ほどの障子の穴にぎろりと目を向ける。

穴から外を覗いていた目が見開かれ、中で物音がした。

慎吾は戸口に行き、

「すまぬが、話を聞かせてくれ」

優しく声をかけたが返事がない。

「とっつぁん」

目配せをすると、五六蔵が表に回る。

慎吾は頃合いをみて、戸を引き開けた。

「な、なんだよう。八丁堀の旦那の世話になることはしてないよ」

赤い襦袢姿の女が後ずさり、枕屏風《まくらびょうぶ》を引き寄せた。

むせかえるような白粉《おしろい》の匂いがする中で、敷布団の上に男が横たわっている。

見た顔だった。

だらしなく着物を乱しているのは、座頭の松だ。

表から回った五六蔵があっと声をあげた。

「おい松、てめえここで何してやがる」

恋女房の按摩をする松が、がらの悪い場所にいるのが気に入らないのか、五六蔵は草履《ぞうり》を脱いで上がり、問い詰めた。

「松、おれだ、五六蔵だ、答えろ」

「こりゃどうも、五六蔵親分さん。とんだところをお見せしまして、すいやせん」

松は愛想笑いを向け、身なりを整えながら言う。

「姉さんが、へへ、お元気なもので。へい。いや、あっしはただ、こうしていただけで」

按摩をする真似をして見せた松は、にっこりと笑った。

昼間から女郎の家に上がり込んでいるのかと思いきや、按摩で身体を揉んでいるうちに女のほうがその気になって、押し倒されたらしい。

「いいじゃないのさ、金をもらうわけじゃないんだから」

女が開き直って、いいところだったのに、と、不機嫌に言うものだから、五六蔵はあんぐりと口を開けた。

「松、おめぇの手はあれか、女をその気にさせるのか。まさか、うちの女房も……」

松は慌てた。

「とと、とんでもねえ。女将さんに限って」

手を顔の前で振る松に、五六蔵は安堵の息を吐く。

慎吾が話を切り、女に問う。

「邪魔して悪かったな。すぐ帰るから、一つだけ訊かせてくれ」

女はふて腐れた態度で、襦袢の胸元を引き寄せた。

「なんです？」

「そこで人殺しがあったのは、知っているな」

「ええ」

「何か見なかったか」

「見ちゃいませんよ」

「家の前で起きたのに、悲鳴も聞かなかったとは妙な話だぜ」

「だって旦那、ここはあたしの家じゃないもの」

五六蔵が割って入って問う。

「元締めの借家か」

「違いますよ。この人の家です。ねえ、お前さん」

甘えるように抱き付かれた松が照れるものだから、五六蔵はまた、口をあんぐりと開けた。

「松、ほんとうか」

「へい。ここは、もともとあっしの住処《すみか》でして」

「こんな広い家があるのに、閻僧の家を借りていたのか」

「さようでがんす」

五六蔵は腕まくりをした。

「がんすじゃねえよ。てめえまさか、閻僧の一味なのか」

松は驚いた顔をした。

「とと、とんでもねえ。親分、前にも申しましたように、座頭の仲間から借手を探しているという話を聞きやしてね。この穴ぐらよりはましと思って借りたんで、へい」

「ああ、そうだったな」

五六蔵が、思い出したと言ってあやまった。そして、感心して言う。

「それにしても、いいことしたなあ、ええ、松。家を二軒持ってることになるのか」

「へい。と申しましても、あちらは持っていることになるのかどうか」

「持っていた盗《ぬす》っ人《と》はこの世にいねえんだから、おめえが住んでいる限りおめえのもんだ、ねえ旦那」

水を向けられて、慎吾は顎を引いた。

「まあ、咎《とが》める者はおらぬな」

松が苦笑いをして、すぐに真顔になって言う。

「だといいんですがね、先日、妙なやくざ者が来やして、出ていけってうるさいのでござんすよ」

慎吾が五六蔵を見ると、五六蔵も驚いた顔を向け、松を見て問う。

「おめえの所にも来たのか」

「へい。そりゃもう、恐ろしいのなんの」

「だから、ずっとここにいておくれと言ってるんだよう」

甘える女の手を押さえて、松は神妙な面持《おもも》ちで居住まいを正した。

「八丁堀の旦那、殺しがあったというのは、ほんとうですかい」

「うむ。すぐそこの、盛り塩がしてあるところだ。お前さん昨日は、どっちの家に帰ったんだ」

「昨日は大島町のほうです。寝るには、あっちのほうが静かでいいですからね」

「まあ、そうだろうな。それじゃあ、ここには誰もいなかったんだな」

「へい」

慎吾が女を見た。

「お前さんは、どこにいたんだ」

「あたしは、突き当りの置屋ですよ」

「ほんとうに、何も見ていないんだな」

「だって、昨日はほら……」

女は口籠《ご》もり、目を下に向けた。

慎吾が厳しく告げる。

「正直に言わぬと、番屋に来てもらうぞ」

女は口を尖《とが》らせた。

「んもう、置屋の隣の茶屋で、商売をしていたんですよう」

「他に客はいたか」

「さあ、知りませんよ。元締めに訊いてくださいな」

五六蔵が口を開く。

「元締めには昨日訊いたよ。誰も見た者がいねえ。見ていても、言わねぇのかもしれんがな」

女が手をひらひらとやる。

「五六蔵親分に嘘《うそ》を言う者は、このあたりにはいませんよ。こっちは日も当たらない裏道だから、ほんとに見ていないんじゃないですかねぇ。百姓が厠《かわや》の汲《く》み取りに来る以外は、誰も通らないもの」

「そこよ。こんな薄汚ねぇ通りに、磯屋のあるじがなぜ足を踏み入れたんだろうな」

「とっつぁん、薄汚ねぇとは失礼だぜ」

慎吾に応じた五六蔵が、松と女に手を合わせた。

「すまねえ」

女は鼻で笑った。

「いいんですよ、ほんとのことだもの。それより旦那、殺されたのは磯屋の旦那ですか」

「なんだお前さん、周三郎と知り合いか」

「いいえぇ、お店の名を知っているだけですよう」

「ほんとうだな」

「嘘は言いませんてば」

慎吾がうなずく横で、五六蔵が顎をさすって、考える顔で言う。

「旦那、やはり周三郎は、裏に連れ込まれて刺されたんですかね」

「華山はいきなり刺されたようだと言ったが……」

「大勢で身動きを封じられていても、抗えませんぜ」

「確かに、そうかもしれぬ」

慎吾は、松と女に邪魔したなと言い、外に出た。

「とっつぁん」

「へい」

「下手人は、人の急所と殺め方を知る者だ。日高一家を調べたいが、上野を縄張りにする十手持ちで、顔が利く者を知ってるか」

「下駄屋《げたや》の文四郎《ぶんしろう》というのがおりやす」

「誰を手伝っている」

「南町の、佐久間《さくま》様で」

「南町か、知れたらごねられそうだな」

「そのへんは心配いりやせん。手前にまかしておくんなせぇ」

そこへ、伝吉が走って来た。

「親分、旦那」

五六蔵が即座に叱る。

「馬鹿野郎、呼ぶ順番が逆だ」

「いけね。旦那、親分」

わざわざ言いなおした伝吉から、磯屋に日高一家が来たと聞いた慎吾は、通りの先を睨んだ。

「さっそく来たか。とっつぁん、行くぞ」

「へい！」

戸を開けた松が顔を覗かせて、走り去る慎吾たちのほうへ顔を向けると、白く濁った目を開けて、耳をそばだてた。

「お前さん、何か知っているのかい」

女が背中に抱き付いて訊くと、松は小さくかぶりを振った。

「へへ、この目だぜ。知るわけねえ。さ、続きをしようか」

「あい」

喜ぶ女を布団に座らせた松は、赤い襦袢を脱がせた。

四

黒染めの紋付を着た虎吾郎は、四人の子分を連れて磯屋に現れ、周三郎に線香を上げさせてくれと言い、包み金を霊前に置いた。

「おかみさん、少ないが、線香代にしておくれ」

「いただけません。どうぞ、お引取り下さい」

毅然《きぜん》とした態度で応じる妻のおやすに、虎吾郎の子分が舌打ちをして、鋭い目を向けて前に出る。

「やめねえか！」

虎吾郎の刺すような目つきと野太い声に、子分たちが頭を下げて身を引いた。

虎吾郎は、おやすに向けた顔に柔和な笑みを浮かべた。

「今日のところは帰るが、忘れてもらっちゃぁ困りますぜ。周三郎は確かに、長屋を売ると約束したんだ」

「あの人が勝手に決めるとは、思えません」

「そんなこと言われてもな、こっちは、この耳で確かに聞いてるんだよ」

「嘘です。長屋は売らないと言っていました。ねえ由吉、そうでしょう」

おやすに同意を求められた由吉は、虎吾郎に睨まれて息を吞んだ。

「由吉、聞いているでしょ」

もう一度おやすに言われて、

「へ、へえ」

消えるような声で答えて下を向き、虎吾郎とは目を合わせようとしない。

虎吾郎は、馬鹿にしたように片笑む。

「まあ、今はそういうことにしておくが、すぐに気が変わると思うぜ。いくら長屋があっても、住む者がいなくなりゃ大損だ」

「そいつは、どういう意味だ」

背後からの声に振り向いた虎吾郎が、吊《つ》り上げていた眉を下げた。

「こ、こりゃぁ、八丁堀の……。ええっと」

どちら様という顔をする虎吾郎に、慎吾は厳しい目を向ける。

「北町の夏木だ。お前は、上野の日高一家の虎吾郎だな」

「へい、よくご存じで」

「虎吾郎、お前のでかい声が聞こえたが、蛸壺長屋の連中を脅して追い出す魂胆だな」

「あはは、人聞きの悪いことをおっしゃる」

「だったら、どういう意味だ」

「旦那、あっしが言ったのは真っ当なことです。借家を持っていても、借りてくれる者がいなけりゃ宝の持ち腐れ。商売上がったりというやつです。なあ、お前ら」

「へい」

「親分のおっしゃるとおりで」

子分たちが応じて声をあげ、薄ら笑いを浮かべて慎吾を見ている。

まったく動じない慎吾は、虎吾郎を見据えた。

「周三郎のことでちと訊きたいことがある。番屋まで来てもらおうか」

虎吾郎は困り顔をした。

「勘弁してくださいよ旦那。あっしは何もしちゃいませんぜ」

「蛸壺長屋の土地をめぐって揉めていたのはわかってるんだ。周三郎が殺された日のことも、じっくり聞かせてもらおうか」

「ですから、何もしちゃいません。昨日は、家で子分たちと酒を飲んでおりやした。なあお前ら、そうだろう」

「へい」

口を揃《そろ》える子分たちが、敵意むき出しの顔で慎吾を見ている。

慎吾はわざとため息をついた。

「仕方ない。拒むなら縄を打つまでだ」

「強引なお人だ。言っておきますがね旦那、こんな形で番屋に引っ張って、あとで面倒なことになっても知りやせんぜ」

虎吾郎はこう返して鼻で笑うと、外へ出た。

磯屋からほど近い通りにある自身番に行き、町役人に断って中を使わせてもらう。

磯屋の件だと言うと、役人は虎吾郎を厳しい目で見ながら、土間に筵《むしろ》を敷いた。

虎吾郎は草履を脱いで一つ大きなため息をつくと、落ち着きはらった態度で筵に正座した。

正面に立った慎吾は、座敷の上がり框に腰かけて身を乗り出す。

「虎吾郎、今から訊くことに、正直に答えろ」

「………」

横を向いて口を開かぬが、慎吾は構わず訊く。

「歳はいくつだ」

「………」

「一家の者は何人いる」

これにも答えない。

慎吾は、真《ま》っ直《す》ぐな目を向けた。

「これじゃ日が暮れる。今から大番屋に行こうか」

虎吾郎がじろりと見上げて、鼻で笑うと立ち上がった。

「大番屋と言わず、いっそのこと奉行所に行きやしょうや」

ふてぶてしい態度の虎吾郎に、慎吾は鼻で笑った。

「上等だ。望みどおりにしてやろう。とっつぁん、縄を打て」

「承知」

五六蔵は虎吾郎を縛り、伝吉と作彦は四人の子分に縄をかけて立たせた。

少々強引だが、ひと一人殺されているので疑わしきはとことん調べるに越したことはない。

番屋の役人に人手を頼み、虎吾郎と子分たちを連れて大川を渡ると、北町奉行所に戻った。

町中を歩く虎吾郎たちは実に堂々としており、お縄をかけられているのをなんとも思っていない様子だ。

奉行所に戻った慎吾は、与力の松島《まつしま》にことの次第を話し、詮議を頼んだ。

確たる証しもなしにしょっ引いたことに松島は難色を示したが、周三郎が死んで間もなく磯屋に土地を売るよう迫ったことは確かに怪しいと言い、その日のうちに、吟味方与力の堀本《ほりもと》によって詮議がはじまった。

白洲《しらす》に敷かれた筵に正座する虎吾郎と子分たちは、堀本を前にしても態度は変わらなかった。

だんまりを決め込む者たちに、冷め切った様子の堀本が糸のように細めた目を向けている。

「何も答えぬは勝手だが、こちらとしては、罪を認めたと解釈いたすゆえそのつもりでおれ」

　この一言で、虎吾郎の顔色が変わった。

見逃さぬ堀本が、目をかっと見開き、仁王のような顔で問う。

「もう一度だけ訊く。虎吾郎、おぬしの歳は」

「四十五でさ」

「一家の人数は」

「さあ、四十、いや、五十か」

　虎吾郎がとぼけたように言うと、堀本は目を糸のように細め、眼光鋭く探る面持ちをした。

「上野あたりでは、ずいぶん暴れているらしいな」

「…………」

　虎吾郎は答えず顔をうつむけて、首の後ろをなでた。

　堀本が続ける。

「蛸壺長屋の周辺を更地にして、跡地に舟宿を建てる話があるらしいな」

「ございやす」

「誰に雇われて地上げをしているのだ」

「………」

これも答えない。

濡れ縁に正座している堀本は、持っている扇で床をたたいた。大きな音が響いたのは、並の扇ではなく鉄扇だからだ。

子分たちがびくりとして、虎吾郎に心配そうな顔を向けた。

当の虎吾郎は、それでも答えようとしない。

「答えよ虎吾郎。急いで買い漁《あさ》っておるらしいが、蛸壺長屋で思わぬ反発に遭うたうえに、がんとして首を縦に振らぬ磯屋の周三郎に、手を焼いておったのだろう」

虎吾郎がぎろりと慎吾を睨み、鼻で笑った。

「あっしが周三郎を殺めたと言いたいので?」

堀本が目を見開く。

「違うとでも申すか」

「違いますとも。大間違いでさ。あっしはやくざ者ですがね旦那、割りに合わねぇ仕事はしねぇことにしてるんでさ。土地を売ると言った者を殺して、なんの得になると言うんです？」

「死人に口なし。周三郎がほんとうに売ると申したなら、何か証しを立ててみよ」

「では旦那、あっしが殺した証しはあるので？」

「黙れ！」

「ちっ」

虎吾郎が舌打ちをして顔をしかめた。

堀本が責める。

「売ると申した証しはあるのか、ないのか」

「ございません」

虎吾郎は与力を睨んだ。

「さあ、お次はそちらの番だ。あっしが下手人だという証しを見せていただきましょうか」

「むっ」

「さあ、さあさあさあ！」

「むぅ」

堀本に返す言葉はない。

するとと虎吾郎は、勝ち誇った顔を慎吾に向けながら堀本に訴えた。

「だいたい、こちらの同心の旦那は無鉄砲が過ぎますよ。証しもねぇのにしょっ引かれたんじゃ、たまったもんじゃありませんぜ。あっしも忙しいので、帰らせていただきやしょうか」

「むむ」

堀本は、むすっとした顔を慎吾に向けた。

証しを求められたが、慎吾がつかんでいることは何もない。

小さく首を振ると、目を大きく見開いた堀本が怒りを示し、ふっと、肩の力を抜いて正面を向いた。

「虎吾郎を留《とど》め置く理由はない。早々に立ち去れ」

小者に縄を解かれた虎吾郎は、子分たちと胸を張って立ち、襟を整えながら堀本に訴えた。

「旦那、そこのぼんくらによぅく言い聞かせておくんなさいよ。今日のところは大人しく帰りますがね、今度このようなことをされたら、あっしも日高一家の虎吾郎だ、黙っちゃいませんぜ」

　虎吾郎は大啖呵《おおたんか》を切ると、慎吾には薄い笑みを向け、大手を振って帰っていった。

「夏木、あれでよかったのか」

　少々不機嫌な堀本に、慎吾は頭を下げた。

「助かりました。これで虎吾郎も、磯屋と蛸壺長屋の連中に手荒なことはできないでしょう」

　堀本が睨むような目をして、唇の端を上げて笑みを浮かべた。

「この野郎、初めからそれが狙いだったのだな。とんだ茶番をさせおって」

　慎吾はすみませんと言って、頭を下げた。

「周三郎を殺めた証しがまったくつかめていませんので、どうにか磯屋たちを奴らの手から守ってやりたいと思ったのです。まだ葬式も終わっていないのに土地を売れと迫るほどですから、放っておくと、この先何をしてくるかわかったものじゃないですし」

堀本が渋い顔で応じる。

「だが、お前の狙いどおり大人しくなればよいがな。地上げにしても、誰かに雇われてのことであろう」

「新吉原の福満屋が雇っているらしいのですが」

「ほう……」

堀本が廊下に目を向けた。

障子に影が映り、松島が詮議所の中に入ってきた。

「堀本、日高一家の連中を解放したのか」

「証しがござらぬゆえ。まあ、脅したようなものですよ」

松島は正座して、渋い顔で告げる。

「虎吾郎は雇われてやっているのだろうから、帰せばまた動き出すぞ」

堀本がうなずく。

「今も案じていたところです」

「誰に雇われているかわかったのか」

「慎吾から聞いたのですが、新吉原の福満屋右兵衛だそうです」

　松島が腕組みをした。

「その名なら、聞いたことがあるぞ。新吉原に店を持っているが、茶屋、舟宿などを江戸市中に多く持ち、手広く商いをしている男だ。どの店にも遊女を置き、荒稼ぎしているという噂《うわさ》もある」

　慎吾が訊く。

「どのような男なのですか」

「会うたことがないので知らぬが、かなり羽振りがいいらしく、先日は番頭を遣わして、過分な付届けをしてきよった」

　その話は慎吾も聞いていた。

「例の、五十両ですか」

「さよう。受け取りはしなかったが、配下の者が鼻薬を嗅《か》がされて操られぬよう目を配れと、御奉行にきつく言われておる」

　北町奉行、榊原主計頭忠之は慎吾の実の父親だ。奉行所内で親子の秘密を知るのは腹違いの妹の静香《しずか》と、筆頭同心の田所兵吾之介《たどころひょうごのすけ》だけだが、松島は薄々気付いている。

何も言わぬが、慎吾に気を使うどころか厳しく接して、関わりを疑っていることを覚られまいとしていた。

「慎吾」

「はは」

「日高の虎吾郎よりは、福満屋のほうが厄介な相手やもしれぬ。わしも探りを入れてみるが、気をつけろよ」

「はは。では、探索に戻ります」

二人の与力に頭を下げ、慎吾は市中に出ていった。

五

虎吾郎は、慎吾にしょっ引かれた日から上野の家で大人しくしていたのだが、五日もせぬうちに呼び出しを受け、新吉原にやって来た。

大門の前で駕籠から降り、店の軒を飾る赤ちょうちんの妖しい明かりの中を歩んでゆく。

今宵は夕雲太夫《ゆうぐもたゆう》のおいらん道中がおこなわれており、通りの端は見物客でにぎわっている。

見とれる客をかき分けた虎吾郎は、朱色の格子のあいだから手を出して客を誘う女郎たちをあしらいながら通りを進み、福満屋の暖簾を潜った。

化粧のいい匂いがする中で、女郎たちが色目を向けてくる。薄い笑みを浮かべて土間を進んだ虎吾郎は、出迎えた手代にうなずく。

二階ではなく、あるじがいる奥の座敷に通された虎吾郎は、派手な表の様子とは真反対の部屋に入った。

無地の白い襖に囲まれ、荒々しい筆使いで描かれた龍の絵が一幅掛けられただけの床の間を背にして、濃い灰色の絹の着物を着た初老の男が座っている。

福満屋右兵衛だ。

華やかな店をいくつも持つ男とは思えぬ身なりをしているのは、決して浮かれず、冷静に世の中を見定める気性の表れ。

大名や大身《たいしん》旗本を食い物にして大金を稼ぎ、一晩で数百両を使う大商人たちにへつらいながらも、目の奥では冷たい光を向けているのを、虎吾郎は知っている。

決して隙を見せぬ右兵衛の前に出ては、さすがの虎吾郎も借りて来た猫のように大人しくなり、今も、畳に額をこすり付けるようにしてあいさつをした。

前に立った右兵衛が、虎吾郎の頬に刃物を当てた。

顔を引きつらせて脂汗をにじませる虎吾郎に、右兵衛は真顔で声をかける。

「親分さん」

「へ、へい」

「北町にしょっ引かれたそうですね」

「へい。ですが、すぐにお解き放ちとなりやした。こちらにご迷惑をかけるようなことは何一つございやせんので、安心しておくんなせえ」

「困りましたねぇ。例の土地がまだ手に入っていないのに、迷惑をかけてないと言われますか」

虎吾郎ははっとしたが、刃物のせいで顔を上げられない。平伏したまま、きつく目をつむって告げる。

「磯屋のあるじのことで厄介な事態になっておりやすんで、ほとぼりが冷めるのを待っておりやす」

「まあ、少しは待ちましょう。高い金を払っているのですから、うまくやってもらわないと困りますよ」

「へい、必ず」

ようやく刃物を引かれ、ほっと息をついた虎吾郎が顔を上げた。

抜身の刀を手に下げた右兵衛が、柔和な言葉使いとは反対に、鋭い目で見下ろしていた。

虎吾郎が命の危険を覚り、息を呑むと、目の前に刀を放り捨てられた。

「備前長船《びぜんおさふね》の名刀です。親分にさしあげましょう」

虎吾郎は刀を凝視した。

「こ、こんな立派な物を、あっしにですかい」

「遠慮はいりませんよ。親分の道中差しでは、切れ味が悪くて役に立たないでしょうからね」

「旦那、あっしは……」

虎吾郎は目を丸くした。人を殺めてでも土地を手に入れろと解釈したのだ。

「話は終わりです。次に会う時は、土地を手に入れた知らせを聞くか、骸となった親分に線香を上げるか、二つに一つですよ」

それだけ言うと、右兵衛は奥の部屋に向かって歩んだ。

襖が両側からさっと開けられ、右兵衛が中に入ると静かに閉じられる。

やくざ者を束ねる一家の親分たる虎吾郎が、顔を真っ青にして安堵の息を吐いた。

僅《わず》かなあいだに、全身汗だくになっている。

気がつくと、いつの間にか背後に人が座っていて、虎吾郎が立ち上がるのを待っていた。

舌打ちをする度胸さえ失《う》せている虎吾郎は、目の前に転がる備前長船を鞘に納めると、人混《ご》みの中に歩み出た。

大門の外で待っている子分に刀を渡すと、何も言わず駕籠に滑り込み、上野の家に急がせた。

「親分、お早いお帰りで」

出迎えた若頭をそのまま部屋に呼んだ虎吾郎は、苛立《いらだ》ちの息を吐き捨て、徳利《とっくり》の酒を湯呑みに注《つ》がせてがぶ飲みした。酒に濡れる唇を拭い、正面に座して言葉を待っている若頭に顔を向ける。

「徹《てつ》」

「へい」

「長屋の様子はどうだ」

「今日も、大家の由吉に酒を飲ませて説得しましたが、野郎うんと言いやせん。長屋の連中に抑えつけられておりやすんで、追い出させるのは無理ですぜ」

「長屋のばばあたちのほうが怖いとは、日高一家も舐められたもんだ」

「仕方のねえことで。あっしらは、奉行所に引っ張られてから大人しくしてるんですから」

「そうも言ってられなくなったぞ。旦那がこいつをよこしやがった」

貰《もら》った大刀を見せると、徹が意味を察したらしく、顔を青ざめさせた。

日高一家の者にとっては、お上より、福満屋右兵衛に睨まれるほうが命取りなのだ。

「どうなさるおつもりで。まさか、言われるままにやっちまう気ですか」

「斬るものか。こうなったら、磯屋の女房と娘を攫《さら》ってでも、土地を手に入れる」

「しかし、奉行所が黙っちゃいませんぜ」

「馬鹿野郎！　お上なんざ気にしていたら、命がいくつあっても足りねえ。すぐ子分どもを集めて磯屋を探れ。押し込みでもなんでもして、とにかく攫って来い」

「承知しやした」

眼光を鋭くした徹が、廊下に控える手下に命じると、虎吾郎に頭を下げて部屋から出た。


翌晩――

辻灯籠《つじどうろう》に火が入れられた頃、日高一家の表の障子が開けられた。

十人の手下を連れた徹が家の中から現れると、見送りに出た虎吾郎へ振り向いた。

「では親分、行きますぜ」

「舟の手筈《てはず》は」

「抜かりはありやせん」

「佃《つくだ》の兄弟には話を通してあるからな。安心して行きな」

「ではのちほど。野郎ども行くぜ」

徹を先頭に、虎吾郎の子分たちが夜の町へ歩み出た。

盗っ人に成りすまして磯屋に押し入り、母子を攫う。佃島に囲っているうちに番頭を脅し、蛸壺長屋を手に入れるすんぽうだ。

手に入れてしまえばこっちのもの。母子は海の沖に連れて行って沈め、店の者は口封じに始末する。

これが、自棄《やけ》になった虎吾郎が考えた策である。

少々危ない橋だが、虎吾郎には逆らえぬ。

徹は黙って従い、子分を連れて、猪牙舟《ちょきぶね》で大川をくだった。

深川大島町の橋を潜って堀川を北にのぼり、磯屋に近い岸に着けて舟を降りると、

「表の戸を閉《た》てる間際を狙って押し入る。ぬかるんじゃねえぞ」

徹が念を押し、人の少ない通りを選んで磯屋に向かった。堀川の岸の狭い道を走っていたが、柳の樹の陰からつと人が現れたかと思うや、

「ぎゃぁー」

後ろの者が悲鳴をあげた。

「どうした！」

徹が振り返ると、子分の一人が道に倒れていた。その足先に、黒い人影が立っている。

「野郎、何しやがる！」

徹が叫ぶのと、黒い人影が襲ってくるのが同時だった。

身構える間もなく子分が斬られ、徹が刀を抜いた時には、曲者《くせもの》が目の前に迫っていた。

「やろっ！」

長どすを振りかざした徹が斬りつけようと前に出たが、くるりと身体を横に転じてかわされるやいなや、脾腹《ひばら》に切先を突き入れられた。

「ここ、この、野郎」

徹は力を振りしぼり、反撃しようと刀を振り上げたが、とどめの一撃を頭に入れられ、ばったりと、仰向《あおむ》けに倒れた。

「ひ、ひいぃ」

ただ一人残った子分が腰を抜かし、長どすをむやみに振りながら足をばたつかせて後ずさる。

黒い人影が迫って来ないと見た子分は、立ち上がって逃げようとしたが、闇に刃《やいば》が一閃《いっせん》し、背中を斬られた。

「うわ!」

悲鳴をあげた子分が振り向いて目を見開いた時、岸から足を踏み外して、仰向けのまま堀川に落ちた。

「おい!　誰か川に落ちたぞ」

対岸で声がして、二人連れの男が堀川に近づいた。

襲撃者はゆるりと下がり、暗闇に溶け込んで逃げ去った。

第二章　無明の剣

一

表の板戸が激しくたたかれるのに応じて、日高の虎吾郎の子分が心張り棒を外して開けた。

宵の口に徹と共に出かけた男が、ぐったりしてずぶ濡れの男を連れて立っていたのだが、仲間の顔を見て力尽き、土間に崩れ伏した。

「おい！　どうした！」

目を丸くして子分が声をかけると、動けるほうの男が頰被《ほおかむ》りを取って告げた。

震えているうえに声が小さいものだから、子分は眉間に皺《しわ》を寄せて耳を近づける。

「何？　徹の兄貴がどうしたって？」

男は顔を歪《ゆが》め、泣きながら声をあげた。

「殺されちまったんだよう！」

子分があっと息を呑んだ。

「親分！　てぇへんだ！」

「どうした！」

子分の声に応じて障子を開けて出てきた虎吾郎が、三和土《たたき》に倒れている子分を見て目を見張り、駆け下りた。

「金治《きんじ》！　そのざまはどうした！」

ぐったりして動かぬ仙次郎《せんじろう》の横で、金治が泣きっ面《つら》になった。

「親分、兄貴が、徹の兄貴が殺されちまった。みんなやられちまったよう」

「なんだと！」

「仙次郎も背中をばっさり斬られて、今にも死にそうだから、助けてやっておくんなさい」

震える手を合わせて懇願する金治に、虎吾郎は応じて命じる。

「仙次郎を座敷に運んでやりな」

子分たちの手で運ばれる仙次郎を見送った虎吾郎は、泣きじゃくる金治の胸ぐらをつかんで、頬を平手でたたいた。

「しっかりしねえか！　いってぇ何があったんだ」

唇を震わせる金治が、虎吾郎にしがみ付くようにして、見たことを話した。

猪牙舟を操る金治は、徹たちが襲われたのを舟の上から見ていたのだ。

何者かに斬られて川に落ちた仙次郎を助け上げるのがやっとで、仲間を置いて逃げ戻ったのである。

「この、馬鹿野郎！」

突き飛ばされた金治が、三和土に転がった。

「仲間を置き去りにして、のこのこ帰りやがって」

詫びてうずくまる金治の背中を蹴った虎吾郎は、それでも腹の虫が収まらず心張り棒で打った。

子分が虎吾郎の腰に飛び付き、

「親分、死んじまいます！」

叫んで金治から引き離した。

息を荒らげる虎吾郎が心張り棒を投げ捨てると、金治が這い寄り、足下でうずくまった。

「すんません！　すんません！」

手を合わせて命乞いをするのを見下ろした虎吾郎は、大きな息を吐いて気持ちを落ち着かせ、金治を座らせて問う。

「やったのは誰だ。青島《あおしま》一家の奴らか」

青島一家とは、虎吾郎が潰した上野のやくざだ。

復讐《ふくしゅう》をされたのかと訊くと、金治は首を横に振った。

「顔が見えなかったのでわかりません」

「相手は何人だ」

「そ、それが、たった一人で」

「なんだと！　浪人者か」

「いえ、たぶん、座頭ではねえかと」

虎吾郎が右の眉だけを吊り上げ、金治の頭をげんこつで殴った。

「てめえは馬鹿か。目が見えねえ座頭が剣術なんざできるわけがあるめえ。相手がてめえならともかく、徹が斬られるもんか」

金治は頭をさすりながら、泣きそうな顔で訴えた。

「でも親分、仙次郎が気を失う前に、身なりが座頭のようだったと言ったんです」

「親分、座頭なら、蛸壺長屋の近所に一人いますぜ」

教えた子分の一人が、今回の地上げで脅したことがあると付け加えるものだから、虎吾郎は板の間の上がり框に腰かけ、腕組みをして貧乏揺すりをした。

「座頭が剣を遣うかよ」

そう吐き捨てる虎吾郎に、金治が言う。

「徹の兄貴がやられたのは、明かりもない真っ暗なところでいきなり襲われたからですよ」

虎吾郎が足を揺するのをやめて、眉間に皺を寄せた。

「そいつはほんとうか」

「はい。悲鳴があがった時、あっしの目には何も見えませんでした」

すると、一人の子分が割って入った。

「親分、座頭の中には、剣を遣える者がいると聞いたことがありやすぜ」

虎吾郎はその子分を睨んだ。

「雅《まさ》、そいつはほんとうか」

虎吾郎が徹の次に頼る雅は、険しい顔でうなずいた。

「奴らは杖の中に刀を仕込んで、夜の闇をうまく使って狙った相手を不意打ちにするのを得意とするらしく、そこいらの剣客よりも強いと聞いたことがありやす。按摩だけでなく、人を殺めるのを生業《なりわい》とする輩がいるらしいです」

虎吾郎は雅を睨んだ。

「おめえ、その話をどこで聞いた」

「何年か前に、盛り場で噂を耳にしました。酔った野郎の作り話だと思って忘れていたんですが、金治の話を聞いて思い出しやした」

「それじゃあ何か、大島町の座頭が、徹たちを殺しやがったのか」

「前に脅した時、兄貴がかなり痛めつけましたからね。そいつじゃないにしても、腕に覚えがある座頭仲間を雇ったかもしれやせん」

「それがほんとうなら、野郎ただじゃおかねぇ」

「どうしやす」

「決まってらぁな。ぶっ殺すまでよ」

憤慨する虎吾郎に、金治が水を差す。

「でも親分、大島町の座頭がやった証しがねえですぜ」

「あっしに、いい考えがござんす」

雅が、虎吾郎の耳元でささやいた。

策を聞いた虎吾郎は、下唇を突き出した。

「おい雅、てめえ本気で言ってやがるのか」

「そうでもしねえと親分、奴は来やせんぜ。徹兄いが生きてたら、きっと同じ手を使ったにちげぇねえです」

「よしわかった。すぐにかかれ」

「へい」

雅は着物の裾をぱんとたたいて端折ると、夜の町へ出ていった。

二

「旦那様、旦那様！」

「ああ、もう食えねぇよ」

慎吾は、夢の中だった。

「あれまぁ」

下女のおふさは、夜着に抱きついて眠る慎吾に呆れて、優しい笑みを浮かべた。手燭《てしょく》の火を行灯《あんどん》に移すと、親子ほど歳が離れた慎吾に旦那様と声をかけ、背中をそっとたたいた。

慎吾は行灯の明かりに目を細めながら、寝ぼけた顔で見上げた。

「おふさ、もう朝なのか」

「まだ夜中ですけど、伝吉さんがおみえです。急ぎだそうですよ」

慎吾は起き上がって目をこすった。

「入れてやれ」

「はい、ただいま」

浴衣《ゆかた》の上に夫嘉八《かはち》の袢纏《はんてん》を羽織ったおふさが裏木戸に行くのを見ながら、慎吾はあくびをした。布団から出て障子と雨戸を開けると、空にはまだ星が輝いていた。

こんな夜中に来るのは、何かあったに違いない。

顔をたたいて気を引き締めたところへ、伝吉が庭に入ってきた。

「旦那」

「どうした、こんな夜中に」

「殺しです」

慎吾はぎょっとした。

「まさか、磯屋の者じゃあるまいな」

「それが、やられたのは日高一家の若頭と子分です。しかも九人」

「なんだと。やくざ同士の喧嘩か」

「どうもそうじゃないようで、親分が、蛤町の自身番までご足労願いたいそうです」

「よし、待ってろ。今支度をする」

慎吾は、おふさが枕元に用意してくれていた薄灰色に行儀鮫《さめ》模様の着物に着替え、黒染めの羽織を着た。

大小と十手を帯に落とすと、鬢《びん》の乱れを適当になおして屋敷を出た。

伝吉を従えて夜道を急ぎ、永代橋《えいたいばし》を渡って蛤町へ行くと、明かりがついている自身番に走った。

表で待っていた五六蔵が、

「旦那」

厳しい目を伏せて頭を下げた。

応じた慎吾が中に入ると、血のいやな匂いがする。

狭い土間に骸が重ねられて筵がかけられているのを見た慎吾は、五六蔵に振り向いた。

「多いな」

「へい」

「喧嘩相手も一緒か」

「いえ。こいつはどうも、ただの喧嘩とは思えません。みんなばっさりと、一撃でやられています」

五六蔵が筵を取り、骸の着物をめくって刀傷を見せた。

慎吾は顔をしかめた。

「確かに、この刀傷は並の遣い手じゃないな」

「この男が、日高一家で若頭をしている徹という者です」

慎吾は五六蔵にうなずき、骸の横に目を転じた。刀が束ねられて置かれている。

「この者たちは、どこかに殴り込みでもするつもりだったのか」

「手前もそう思って、縄張り争いが絶えない一色町《いしきちょう》の大富《おおとみ》一家に探りを入れてみやしたが、覚えがねえそうです」

「梅次郎《うめじろう》か」

「へい」

深川でしのぎを削るやくざは少なくないが、大富一家の梅次郎は五代も続く大物だ。

「嘘をつくような野郎じゃございませんので、今回に限っては関わりがないのは間違いねえかと。他の者が上野と争っているのも、聞いたことがねえそうです」

慎吾は勘繰った。

「この者たちは、ひょっとして磯屋に押し込むつもりだったのだろうか」

「旦那のおっしゃるとおりかと」

「磯屋のおかみは、用心棒でも雇ったか……」

慎吾は言いながら、考えを改めた。

「とっつぁん、日高一家に骸を引き取るよう伝えるついでに、相手に覚えがないか虎吾郎に訊いてくれ」

「へい」

「ちと朝が早いが、おれはこれから磯屋に行ってみる。あとは頼んだ」

「旦那、物騒ですから、誰か一人連れて行っておくんなせぇ」

「いや、一人で大丈夫だ」

作彦が来るのを待っている暇はない。

慎吾は一人で、磯屋に向かった。

ひっそりと静まり返っている磯屋の表に立つと、戸をたたいた。

「北町の夏木だ。検《あらた》めたいことがある。ここを開けてくれ」

中から家人が応じる声がして、潜り戸が開けられた。

小僧が顔を覗かせると店の中から昆布出汁《こんぶだし》の香りがして、慎吾の空腹を刺激する。

「おはようございます。お役目ご苦労様でございます」

東の空が白みはじめたばかりだが、小僧はすでに身支度を整えていた。

中は蠟燭《ろうそく》が灯《とも》されていて、奉公人たちが開店の支度をはじめている。

「どうぞ、お入りください」

慎吾は、中へ促す小僧に声をかけた。

「おめえに訊きたいのだが」

「へい、なんでしょう」

「近頃、浪人を雇ったか」

「え？」

小僧は不思議そうな顔をして答えない。

「言い方が悪かった。店に用心棒を雇ったか」

「ああ、用心棒。いえ、そのような者はいません」

小僧が、また不思議そうな目を向ける。

慎吾はさらに問う。

「では、昨夜遅く、店から出かけた者はおるか」

小僧は少し考えて、首を横に振った。

「夜中に帰った者は」

「いないと思います」

「思います？」

「ぐっすり眠っておりましたもので。今番頭さんを呼びますから、どうぞ中でお待ちください」

慎吾は応じて中へ入った。

小僧から知らせを受けて奥から出てきた番頭が、

「朝早くから、ご苦労様です」

上がり框に腰かける慎吾に頭を下げて、手に持っていた紙の包みを差し出した。

「これは何だ」

「菓子でございます」

慎吾が手に取ると、ずしりときた。

「ずいぶん重い菓子だな」

「どうぞ、お納めください」

促す番頭の前で包みを開けてみると、小判が五枚入っていた。

慎吾が顔を見ると、番頭は微笑んだ。

「おかみから、ほんのお礼の印にございます」

「礼をされるようなことはしておらぬ。それにな、おれはこういうのは受け取らないのだ」

紙に包んで番頭の膝下に置き、ふたたび顔を見て問う。

「それより、用心棒を雇ったか」

「いえ、雇っておりませんが」

「小僧も同じ答えだったが、ほんとうに雇ってないんだな。正直に言ってくれよ」

番頭は真顔で応じる。

「はい。一人も雇っていません」

「そうか。近頃、虎吾郎はどうなんだ。来ているのか」

番頭は微笑んだ。

「おかげさまで、まったく来ません」

「蛸壺長屋は」

「来たという話は、聞いておりません」

「そうか」

慎吾は番頭の顔色を見たが、怪しい様子はない。

番頭は不安そうな顔をした。

「何かあったのですか？」

慎吾は答えず店のほうを向いて、考えをめぐらせた。

磯屋が用心棒を雇っておらず、虎吾郎が地上げにも来ていないとなると、やはり下手人は、やくざ同士の争いに関わる者か。

考え込む慎吾を黙って見ていた番頭が、おかみを呼んで来ますと言って立ち上がるのを、慎吾が止めた。

座りなおす番頭に、慎吾は顔を近づけて小声で言う。

「実はな、すぐそこの堀川のほとりで殺しがあったのだ。やられたのが日高一家の連中だから、ちと訊いたまでだ」

番頭が目を見張った。

「夏木様、まさか、わたくしどもをお疑いでございますか」

「気を悪くしないでくれ。大勢の命が奪われたから、因縁がある者を訪ねて回っているのだ」

「確かに、日高一家には、旦那様を殺された恨みはあります、ですが……」

「おいおい、勘違いするな。周三郎殺しの下手人が日高一家とは決まっちゃいないぜ」

番頭は納得しない。

「しかし夏木様は、手前どもが仇討《かたきう》ちをしたと、お疑いになられたのでしょう」

「用心棒を雇っているか訊いただけだ。そう目くじらを立てるな」

それでも番頭は、不機嫌な顔をした。

「やはりお疑いになられたのではありませんか。あんまりでございます。旦那様を殺めた下手人を恨んではいますが、相手が誰であろうと、おかみさんは仇討ちをなさるようなお人じゃございません」

「だから、そうじゃなくてだな」

慎吾は苦笑いを浮かべながらも、いろいろ探っていた。店の穏やかな様子を見る限り、奥に用心棒が潜んでいるとは思えなかった。

慎吾は、憤慨する番頭に顔を近づけた。

「子分を殺された日高一家は、下手人を探そうと躍起になっているはずだ。奴らに何か訊かれても、今のようにはっきり違うと言うんだぜ」

躍起になっていると聞いて恐ろしくなったのか、番頭が不安げな顔をした。

「日高一家も、旦那のように手前どもを疑っているのですか」

「そりゃおめぇ、いざこざがある間柄だ。奴らが周三郎殺しの下手人なら、仇討ちを疑っているだろうよ」

「そんな、まったくの濡《ぬ》れ衣《ぎぬ》です。旦那、疑いの目をそらすには、どうしたらよろしいでしょう?」

やくざを恐れて、顔を蒼白《そうはく》にして頼る番頭を見ていた慎吾は、ぴんと閃《ひらめ》いた。

「もし奴らが何か仕掛けて来たら、周三郎は自分たちが殺めたと白状したのと同じだ。違うか」

「あっ。旦那がおっしゃるとおりです」

手を打ち鳴らした番頭に、慎吾が告げる。

「奴らが来たら、すぐ番屋に知らせてくれ」

「承知しました」

「くれぐれも、気をつけてくれよ」

慎吾は番頭の肩をたたき、店を出た。

通りを来た豆腐の棒手振《ぼてふ》りが、慎吾に明るい声であいさつをして走ってゆく。

まだ朝が早い。

空を見上げた慎吾は、奉行所に出仕する前に一旦家に戻って身なりを整えようと思いつき、八丁堀に足を向けた。

三

出仕した慎吾から知らせを受けた筆頭同心の田所兵吾之介は、難しい顔つきで腕組みをした。

「磯屋が用心棒を雇っていないとなると、いったい誰が、日高一家の連中を斬ったのだ」

　すると、詰め所で話を聞いていた慎吾の同輩の藤村《ふじむら》が口を挟んだ。

「深川のやくざに殴り込みをしようとして返り討ちにされたというのが、一番しっくり来ますね」

　田所が下座にいる藤村に顔を向け、隣に座している慎吾を見た。

「深川を縄張りにするやくざで、名のある大親分といえば、一色町の大富一家か」

「はい。親分は梅次郎と申しますが、堅気の者には手を出さぬ穏やかな男で、町の者からも頼られております。もし縄張りを争って斬り合いがあったのなら、潔く話すでしょう」

　田所は真顔でうなずいた。

「梅次郎なら、わしも知っておる。しかしな、殴り合いの喧嘩ならともかく、此度《こたび》は人が死んでおるのだ。いかにできた大親分でも、罰を怖《おそ》れているのではないか」

「わたしもそう思います」

　藤村が賛同した。黙って聞いている他の同心たちは、隣の者と言葉を交わしていたが、やはり、やくざ同士の争いではないかという意見が大半だ。

慎吾は、顎をつまんで考えた。この場に五六蔵がいたら、なんと言うだろうか。

梅次郎は嘘をつかないと前に嬉しそうに言っていた五六蔵の顔が頭に浮かぶ。

昔に何があったのか知らないが、五六蔵に逆らうやくざ者を、慎吾はこれまで見たことがない。

今朝方、梅次郎は関わりがないと言った五六蔵の言葉を、慎吾は信じたかった。

「蛸壺長屋の騒動と、なんらかの関わりがあるのだろうか」

慎吾は独り言を言うと、上野の見廻りを受け持つ石山《いしやま》に顔を向けた。

話に加わらず、自分の文机《ふづくえ》で帳面に向かっている石山は、十八で家督を継ぎ、同心になって十五年になる。物静かな男だが鋭い嗅覚の持ち主で、数々の大事件を解決しているやり手だ。

皆が一目置く石山は、どう思っているのか。

慎吾は訊かずにはいられなかった。

「石山さん」

慎吾の声に応じて、石山が顔を上げた。睨むような横目を向けてくる。

「日高一家をご存じですか」

「うむ」

渋い顔で応じた石山に、慎吾は身を乗り出して問う。

「虎吾郎は、どんな野郎です」

「昔からのやくざ者だが、近頃急に派手になりおったな」

「福満屋が金を渡しているからであろう」

田所が口を挟んだ。

慎吾が石山に訊く。

「深川と喧嘩をしている噂を耳にされたことはありませんか」

石山は腕組みをして、考える面持ちで応じる。

「上野の縄張《しま》りはほぼ手に入れたが、深川にまで手を出した話は聞いたことがない」

「そうですか」

「ことがことだから、調べておこう」

「それがその、すでに手の者に様子を探らせているのです。急いでいたもので、石山さんにお伝えするのが遅れました」

頭を下げる慎吾に、石山は真顔で言う。

「何だ、お前らしくない。遠慮しておるのか」

「一応……」

「気にするな。おれもいろいろ調べてみよう」

「あいすみません」

石山は立ち上がり、刀掛けから自分の刀を取ると、物も言わずに出かけて行った。

「相変わらず暗い野郎だ」

田所が鼻で笑うが、悪い意味ではない。皆と打ち解けぬ石山を、仕方のない奴だと見守っているのだ。

出かける石山の背中を見送った慎吾は、もう一度磯屋を調べてみようと思い、そのことを田所に告げて詰め所を出た。

表門から市中に向かっていると、後ろから声をかけられた。

腹違いの妹の声とわかり振り向くと、侍女を連れた静香が歩み寄ってきた。

「これは、お嬢様」

秘密を知らぬ侍女に配慮して、慎吾はよそよそしく頭を下げて問う。

「お出かけでございますか」

「はい。呉服町《ごふくちょう》に用があるものですから」

「では、お供いたしましょう」

歩みを進める慎吾に並んだ静香が、侍女に聞こえないよう小声で告げる。

「近頃顔を出されませぬから、父上が淋《さび》しそうですよ」

父と盃《さかずき》を酌み交わしたのは一月も前だ。以来何かと忙しく、無沙汰をしている。

「何か、大きな事件でもあったのですか」

声を潜めて問う静香に、慎吾は微笑んだ。

「落着したら、父上とゆっくりお会いします」

「此度は、どのような事件なのですか」

「人が大勢殺されたのですが、下手人の手がかりらしい物がありません」

「まあ、物騒な」

御門を出て呉服橋を渡り終えると、途端に人通りが増える。侍女が静香を守るため近づいたので、慎吾は言葉に気をつけた。

「呉服町のどちらに行かれるのですか」

「肥前屋《ひぜんや》さんです」

「肥前屋といえば、すぐそこですね」

慎吾は軒を連ねる店の中から看板を見つけて、入り口まで送った。

「着物ですか」

「いいえ、母上に櫛《くし》を選んでさしあげようかと」

「そいつは孝行ですね」

「このお店は良い物が揃っているのですよ。慎吾様も、いい人がおできになられたらどうぞ」

「いやぁ、それがしには縁のないことで」

「あら、そうでもないのではございませんか。ほら、霊岸島の」

静香が意味ありげに言うものだから、慎吾が目を丸くしていると、侍女が吹きだした。

「な、なんだ？」

「ふふ、お顔が真っ赤」

侍女がおもしろそうに言うものだから、慎吾は笑って答えた。

「顔が赤いのは、お嬢様とお話して緊張しているからだ」

「まあ」

驚く侍女を、静香が本気にするなと叱った。

侍女が慎吾に不服をぶつける。

「慎吾様、お戯れが過ぎます」

「すまん」

あやまる慎吾に静香が近づき、扇で顔を扇《あお》いだ。

「ま、今日のところはそういうことにしておきましょう」

扇を閉じた静香は、わざとらしく丁寧にお辞儀をして、店の中に入って行った。

追って入る侍女の後ろ姿を見送った慎吾は、

「まったく、なんなのだ」

そう言って背を返し、歩み出すふりをしてさっと振り返った。

商家の軒先の立て看板の陰から出ようとしていた作彦が、

「ひっ」

小さな悲鳴をあげて首をすくめた。

「この野郎、今何時だと思っている」

不機嫌極まりなく叱ると、

「え、へへへ」

作彦は笑って誤魔化しながら、歩み寄って来た。

「この忙しいのに、寝坊か」

「どうも、あいすいやせん。安い酒を飲まされちまったようで、悪酔いを」

慌てて奉行所に向かっていたところで慎吾たちを見かけて、あとからついて来ていたのだ。

「どうせどこかの女郎屋にでも上がり込んでいたのだろう」

「面目もございません」

「なんだ、図星か」

「へへへ」

よっぽどいい思いをしたらしく、嬉しげに笑った。

引き抜いた扇子で額をひっぱたいてやろうと思ったが、

「まあいいや、探索に行くぞ」

小さくなる作彦にひと睨みをくれて背を返すと、殺しがあったことを教えながら磯屋に向かった。

四

「邪魔するぞ」

「おや、夏木様」

磯屋の番頭が、また来たのかという顔をあからさまにした。

「何度もすまぬ」

「いえいえ、めっそうもないことでございます。お役目、ご苦労様にございます」

「やはり女将に話を聞かせてもらいたいのだが、いるかい」

「はいはい。では、こちらへ」

作彦を店に残して奥に行き、突き当たりの木戸から外に出ると、草一本と生えていない白土の上に飛び石が敷かれていた。

案内する番頭に続いて飛び石を踏み越えて庭を進むと、磯屋の者が暮らす母屋の入り口がある。格子戸を開けて土間に入ると、家の中は線香の匂いがした。

「どうぞ、お上がりください」

畳敷きの廊下の突き当たりを右に行くと、見事な石灯籠が据えられた庭が見える部屋に通された。

表から見ただけではわからなかったが、かなり大きな屋敷だ。

庭の大半を占める池に張り出た縁側から下を見ると、色鮮やかな鯉《こい》が優雅に泳いでいる。

「へぇ、こいつはたいしたものだな」

「鯉は、亡くなった旦那様の、唯一の楽しみでございました。お世話をするたびに、池のほとりに立っておられた旦那様のお姿を思い出して、辛うございます」

「そうか」

慎吾は気の毒になり、ため息をついた。

「さ、こちらへ」

「うむ」

刀を帯から抜いて座敷に入り、すすめられた上座に座って程なく、女将のおやすが来て、下座で両手をついて頭を下げた。

「正式に、女将と呼んでいいのかい」

慎吾は確かめた。周三郎を亡くした今、おやすが磯屋の女あるじになったと聞いていたからだ。

とはいえ、おやすは元々家付き。周三郎を婿に入れる前は、先代から商いのいろはをたたき込まれているとあって、店を切り回すことに苦労はない。昔を知る店の者にとっては、このおやすの下で働くほうが、甲斐があるともいえよう。

華山の診療所で周三郎の亡骸《なきがら》にしがみ付いていた時とは違い、おやすの顔は引き締まり、大店のあるじとしての風格を見せていた。

今朝、慎吾に五両もの付届けを出したのも、他ならぬおやすの気風《きっぷ》だろう。

着物も上等な物を身に着けているおやすに、慎吾は真顔で告げる。

「日高一家の者が殺されたことは、番頭から聞いているな」

「はい」

おやすは顔色一つ変えず、慎吾と目を合わせてきた。

「わたくしが夫の仇を討ったと、お疑いですか」

「そうではない。殺された者の刀傷があまりにも鮮やかな手並みだったのでな、こちらが雇った用心棒と、長屋を売れと迫った日高一家の奴らが、斬り合いにでもなったのかと思ったのだ」

おやすが唇の両端を上げて、微かな笑みを浮かべた。

「ずいぶんと、早とちりなことでございますねぇ」

馬鹿にされたようだが、慎吾のこころはざわつかない。

「お前さんの言うとおりだ」

苦笑いを浮かべて首の後ろをなでながらも、おやすの様子を探った。

目を伏せ気味にしたおやすは、ふたたび合わせてきた。その眼差しに動揺の色はない。

「用心棒は、口入屋さんからの紹介を待っているところでございますので、手前どもではまだ雇っていません」

「そのようだな」

女中が茶を持ってきた。

慎吾は女中が茶台を置いて去るのを待って、おやすに訊く。

「周三郎が長屋を売るのを承諾していたことは、ほんとうに聞いていなかったのか」

「はい。そもそも夫は、わたくしに内緒で勝手をするような人ではありませんから、信じられないのです。ほんとうに、承諾したのでしょうか」

「そこのところは、証しがないからわからんな」

「磯屋のあるじとはいえ、夫は婿に入った身。わたくしに黙って決めてしまうとは思えません」

「黙って売らなきゃならぬ事情があったとは、思えぬか」

「夫に隠しごとがあるとおっしゃいますか」

目を丸くするおやすに、慎吾は手の平を向けた。

「そう怒るな。たとえばの話だ」

おやすは、不機嫌そうな息を吐いた。

「旦那はいったい、どんな隠しごとがあるとお思いですか」

「そうだな、博打《ばくち》に溺《おぼ》れて、お前さんに言えない借金があるとか」

「博打！」

「だから、たとえばの話だ」

「うちの人に限って、そんなのあり得ません！」

番頭が口を挟んだ。

「旦那、先ほども申しましたように、先代は鯉を飼うのが唯一の楽しみだったのです。博打をなさるようなお人では、決してありません」

「そうかい。まあ、借金をしてまで鯉を買うはずもないしなぁ」

「当然ですとも。わたくしがお供をして、お代は年末にきっちり納めていたのですから」

機嫌悪く言う番頭から目をそらした慎吾は、おやすを見た。

「では、虎吾郎が嘘を申したことになるな」

おやすはうなずく。

「そうに違いございません」

真っ直ぐな目を向けるおやすが嘘を言っているとは思えぬ。

慎吾は茶台の湯呑みを取り、一口飲んだ。苦味の中に、ほのかな塩味が効いた茶の味が珍しい。

「虎吾郎が何も言ってこないのは、どうしてだろうな。長屋をあきらめたのだろうか」

「さあ、わたくしにはわかりかねます」

おやすは冷めた口調だ。

慎吾はついでのふりをして、一番知りたいことに触れた。

「もう一つ訊かせてくれ。虎吾郎の子分を斬った者に心当たりはないか。此度の地上げで恨みを抱く者は少なくはないだろうが、殺してしまいたいほど憎んでいる者は、お前さん以外で誰かおらぬか」

「旦那、今のおっしゃり方はあまりにも……」

「番頭さん、いいから」

おやすが番頭を制して、慎吾に顔を向けた。

「まったく思い当たりません」

「そうかい」

慎吾は、残りの茶を飲んで湯呑みを茶台に戻すと、刀を持って立ち上がった。

「邪魔したな」

おやすが頭を下げた。

「お役に立てず、お許しください」

「いいから頭を上げてくれ。何か思い出したら、浜屋の五六蔵に知らせを頼む。周三郎を殺めた下手人を捕まえる手がかりになるかもしれないのでな」

「かしこまりました」

慎吾は見送りを断って店に戻ると、作彦と共に磯屋をあとにした。

五

「女将さん、今日はずいぶんと、ここがこり固まってございますね」

松が眉間に皺を寄せて言い、指で背中のつぼを押した。

うつ伏せに寝ている浜屋の千鶴は、歯をくいしばって耐えていたが、たまらず声をあげた。

「松さん、ね、もう堪忍よ」

「へい、へい。最後にここんところをぐいとやりゃぁ」

「痛いぃ」

「はい、終わりでやんすよ」

心地よさそうな息を吐く千鶴の背中をそっと擦《さす》り、松は満足のいく仕事を終えたとばかりに笑みを浮かべて離れた。

「次は、五日後でよろしゅうござんすか」

「ええ、お願いするわね」

「良く効いてらっしゃいますんで、あと三度ほど揉ましていただけりゃぁ、背中の痛みは嘘のようによくなりやすんで、へへ、ご辛抱を。それじゃ、あっしはこれで」

「ありがとね松さん。おつねちゃん、代金をお願いね」

「はぁい」

きつく揉まれてぐったりしている千鶴を置いて部屋を出た松は、代金を受け取ると、表に歩み出た。

蛸壺長屋の女房たちから寄るように頼まれていた松は、そろりそろりと門前通りを歩みはじめた。

永代寺《えいたいじ》門前通りの人混みを抜け、あと少しで長屋に着くというところで杖に人肌が当たったので、立ち止まった。

「こりゃどうも、すいやせん」

禿頭をぺこりと下げた松は、相手が道を空けてくれる頃合いを見計らって足を進めようとした。

「待ちない」

止められた松は、顔を横に向けて聞き耳を立てた。

「どなたさんか知りやせんが、あっしに何かご用で？」

「おうともよ。おめえ、ここらじゃ腕が良いと評判の按摩らしいな」

「へぇ、さようでやんすかね」

控え目な態度で惚《とぼ》けていると、右腕をつかまれた。

「この腕を見込んで頼みがある。今から駕籠に乗って、一緒に来てくんねぇかい」

「ええ、今からですかい？」

「おれが奉公するあるじの奥方が、酷《ひど》い肩こりに悩まされていなさるんだ。なんとかしてあげてくれ」

「あいにく、これから次がありやすんで」

「そう言わずに頼む。礼金はたっぷり出すからよ。さ、行こう」

断る間もなく腕を引かれ、駕籠に押し込まれた。

「杖が邪魔だろう。こっちで預かろうか」

杖をにぎられた松は、

「いえ、こいつはあっしが持っておりやす。でぇじなものなんで、へい」

駕籠に引き入れると、抱え込んだ。

男の舌打ちが聞こえた。

「おう、出しな」

ふいと駕籠が浮き、駕籠かきたちの軽快な掛け声がはじまった。

ずいぶん急いでいる様子で、松は振り落とされぬように紐《ひも》をつかんだ。

いくつか橋を越えて、優に半刻《はんとき》（約一時間）は走っただろうか。駕籠かきの声も
疲れが出てきた頃に止まり、荒々しく地面に下ろされた。

「さ、着いたぜ」

声をかけられた松が左から降りようとすると、反対だと言われた。

松は笑って応じ、転げるように右から出た。すると、いきなり両脇を抱えられ、強引に運ばれて家の中に入れられた。

普段は使っていないのか、微かにかび臭い。

入り口から土間を進み、膝上の高さの上がり框から畳敷きの部屋に入ると、頼むぜと言って腕を放された。

松のつま先に敷布団が当たった。

人が横たわっているのが、気配でわかる。

ほのかに香る鬢付け油の匂い。

「お嬢さんでござんすね」

松が声をかけると、

「まあ、おじょうずだこと」

声からして、三十前あたりの女か。

布団のそばで膝立ちになった松は、杖を横に置いた。

「それじゃ、ちょいと診させていただきやすよ。うつ伏せになっておくんなさい」

手を伸ばし、女の身体に触れた。

「優しくしておくれよう」

声は若いが、身体はもう少し歳を食っている。目が見えなくても、長年人の肌に触れている手が教えてくれる。

尻の膨らみ具合、肌の張り具合からして、三十四、五だろう。

肩から足のつま先まで診た松は、首をかしげた。

「お嬢さん、どこがお悪いので？」

「そうだねぇ、どこだろうねぇ」

松の手からするりと身体を外したと思うや、背後から人が迫るのがわかった。

いきなり背中を蹴られ、あっと声をあげて転がった松は、手に当たった女の足を頼りに腰にしがみ付き、いやがるのを引っ張り倒して楯にした。

松は、座らせた女の肩越しに、見えぬ相手に訴えた。

「なな、何をなさるんで」

「放しとくれよ」

逃れようとする女を抱きしめた松は、足に足をからめて動きを封じた。

抵抗できなくなった女が叫ぶ。

「何してるのさ旦那、とっととやりなよ」

すると、松の足にちくりと痛みが走った。

部屋に押し入った者の一人が刀を抜き、松の足の皮一枚を斬ったのだ。

それでも女を放さぬ松は、

「あっしが何をしたと言いなさります」

悲鳴に近い声をあげて抵抗した。

「惚けるんじゃねぇ！　徹の兄貴をやりやがったのはてめぇだろう！」

声を荒らげた男が、こいつにちげぇねぇと仲間に告げている。

「いったいなんのことです」

「うるせえ！　おう、この虎吾郎さまの子分を殺しやがったのは、てめぇだろう！」

松は、虎吾郎に濁った目を向けた。

「親分さん、何をおっしゃっているんです」

「惚けるのもいいかげんにしやがれ！　徹に痛めつけられた仕返しに、闇討ちをしたのはてめえだろう」

「痛い！　顔を殴るのはやめておくんなさい。これ以上醜くなると、お客さんがいなくなってしまいますから」

「黙れこの野郎！　おうお前ら、こいつを引っぺがせ」

女に抱きついていた松は手足を何人かにつかまれ、引き離された。

松は必死に抵抗したが、仰向けに押さえ込まれ、喉元に冷たい切先を当てられた。

喉がちくりとする。

「ひっ、痛い、命ばかりは助けておくんなさい」

「大人しくしておれ！」

侍なのか、妙に落ち着いた声に続いて、虎吾郎の声がした。

「先生、やっておくんなせぇよ」

「まあ慌てるな。この者の杖を調べてみよ。仕込み刀が出てくれば動かぬ証しゆえ、そっ首を刎ねてくれる」

「おう、金治、杖を調べろ」

「へい」

金治が松の杖を拾い、引いてみたり振ってみたりして調べた。

「親分、こいつはどう見ても細竹の杖ですぜ」

「どこかに得物《えもの》を隠しているはずだ、身ぐるみ剝がせ」

虎吾郎の命令で子分たちが松の着物を引き剝がし、ふんどし一丁にした。

「親分、何も持っていやせんぜ」

「持っちゃいなくても、やったのはこの野郎に間違いねぇんだ。そうだよな金治」

「へ、へい」

「なんだその返事は。はっきりしろ！」

「こいつに間違いねえです」

松は口を開く。

「金治さんとやら。人違いだ。あっしの顔をようくご覧になってください」

「黙れ！」

松は虎吾郎に顔を殴られ、痛みに呻《うめ》いた。

「先生、ばっさりとやっておくんなせぇ。あとはこのぼろ屋に火をかけて仕舞だ」

虎吾郎に応じた侍が刀を構える気配を察した松は、わめき散らして手足をつかむ者たちから逃れようとしたが、腹を殴られ、無理やり立たされた。

「覚悟せい」

「ひ、ひぃぃ」

もうだめだと、松は歯を食いしばった。

「む、むむ、ふははは」

刃が打ち下ろされる代わりに、男の笑い声が降ってきた。

それにつられるように、他の男たちが笑いはじめる。

「親分、こ奴のざまを見ろ。どうやら下手人ではないようだ。刀の錆《さび》にする価値もない」

笑いを堪《こら》えながら侍が言った後で、刀を鞘に納める音がした。

松は、あまりの恐ろしさに小便を垂れ流し、糞《くそ》まで垂れ流したのだ。

「やだもう」

女が外に逃げた。

「臭えじゃねえかこの野郎」

虎吾郎が鼻をつまみ、子分たちより先に外に出ていった。

「金治、てめえ、でたらめなこと言いやがって、親分にこってりしぼられるぞ」

子分の一人が怒り、虎吾郎のあとを追って出た。

金治は出ていく兄貴分と松を交互に見ていたが、無様な身体を曝《さら》して震える松に首をかしげた。

「金治、ぼやぼやしてるんじゃねぇぞ」

「兄貴、待ってくれよ」

金治は、引き剝がした着物を拾って丸めて松に投げつけると、

「悪く思わないでくれよ。ごめんよ」

そう言って、慌てて外に出ていった。

ゆるりと四つん這いになった松は、手探りで着物と杖をつかむと、痛む足を引きずって外に出た。

着物を羽織り、どこかもわからぬ土地をさまよううちに、

「あれ、どうしたんだい？」

耳に若い女の声が届いた。

糞尿を洩《も》らした松を嫌うことなく手を差し伸べた女の身体からは、土と藁《わら》の匂いがする。

このあたりの百姓娘だろうか。

手を引かれるまま付いて行くと、水の流れる音が聞こえてきた。

「溝があるから、気をつけなよ。ここでじっとしててちょうだい」

女は松の着物を脱がし、ふんどしを解いた。

「お嬢さん、恥ずかしいよ」

「気にすることはないさ。じっちゃんの世話で慣れてるから」

明るい声で言いながら、女は松の身体を綺麗に洗ってくれた。

「さあ、これでさっぱりしましたよ。足の傷は血が止まっているから、大丈夫だよ」

「ご親切にどうも、あいすいやせん」

「いいんだよう。それより、こんなところで何してたの。この傷はどうしたのさ」

「傷はいいんで。それより、ここはどこですか」

「須崎村《すさきむら》だよ」

「さようで」

「お前さんはどこの人だい？」

「深川の大島町で、へい」

「大島町！」

娘の大きな声に、松は思わずのけ反った。

「道に迷ったにしちゃ、ずいぶん遠いとこから来なすったねぇ」

「いろいろと、面倒なことがありやして、へい。お嬢さんは、このあたりのお人ですか」

「もっと北の村の者だよう。じっちゃんの薬を買いに町まで行った帰りだけど、お前さまは運がいいよう。こんな田舎で迷って、あたしが通りかからなかったら、どうなっていたか」

「こりゃどうも、助かりました」

「駕籠が雇えるところまで送ってあげるから、安心しなよ」

柔らかくて温かい手を差し伸べた女は、松を本所《ほんじょ》まで連れて帰ってくれた。

「ここまで来れば安心だね。駕籠を呼んでくるから待ってて」

「お嬢さん、ここでようござんす。あとは、あっしがなんとかしやすんで。早くお帰りにならねえと、お嬢さんが村に帰る前に日が暮れてしまいます。夜道の独り歩きは物騒ですから」

女はけらけらと笑った。

「いいんだよう。こんな顔だもの、誰も襲いやしないよう」

「そんなことはないでしょう。声も美しいもの」

「ほんとだってば。触ってみるかい」

両手を取られ、娘の顔に当てられた松は、ゆるりと指を動かして触った。

「なんと、まあ、ほうほう、ほぉう」

お世辞にも美人とは言えないようだが、こころは清水のごとく美しい。

そう思った松は、にんまりとした。

「世の中の男どもはどうだか知りやせんがね、あっしでしたら、お嬢さんのような人を嫁にしたいなあ」

「まあ」

背中をたたかれた松は咳《せき》が出た。

「嘘じゃぁ、ござんせんよ」

松はまたにんまりとして、己の帯に手を這わせ、縫い目を探り当てた。唇を舐めて言う。

「お嬢さん、こいつは、ほんのお礼でござんす」

帯に隠していた小判一枚を取り出して、温かい手ににぎらせた。

目の前で息を呑む気配がした。

「こんなの、いらないよう」

押し返そうとする手を止めた松は、両手で包み込んで言う。

「いいから、腰巻を買っておくれ」

女が自分の腰巻を使って身体を洗ってくれたのを知っている松は、そっと背中を押して行かせると、杖を頼りにこの場から去ろうとした。

「あたしは、とめ。あんたの名はなんていうかね」

女の声に応じて振り向き、

「松といいやすよ」

禿頭を下げて礼をすると、本所の道を南に歩んだ。

六

上野の居酒屋で一角を陣取っていた浪人者たちは、上野日暮里村《にっぽりむら》の空き家をねぐらに、いろいろと悪さをして暮らしていた厄介な者どもであるが、日高一家の虎吾郎に一日二分の日当で雇われたおかげで金払いがいい。

五人を束ねる頭目は、生まれながらの浪人者だが、父親から仕込まれた剣術はそれなりに達者で、用心棒を生業とするには十分の腕前であった。

ただ、性根がいかぬ。

ひとたび用心棒で雇われた店に入れば、たちまちあるじを脅して牛耳り、気に入った女がおればあるじの妻子だろうが構わず我がものとし、仲間を呼び込んで酒食をむさぼる。

用心棒を雇ったつもりが、懐に入り込んだ虫によって喰《く》い潰されるがごとく、酷《ひど》い目に遭わされる。

そんな頭目に、手下の一人が酌をして言う。

「お頭、それにしても、今日の座頭にはまいりましたな」

「おい、そいつを言うな、酒がまずくなる」

総髪を茶筅《ちゃせん》に束ね、眼光鋭い頭目が舌打ちをした。

この者、名を根岸番之介《ねぎしばんのすけ》という。

手下の酌を受けながら、顔をしかめた。

「座頭の殺し屋を始末するなど容易《たやす》い仕事と思うて受けたが、とんだ誤算だ。かと申して、福満屋に頼まれては、途中でやめるわけにもまいらぬ」

根岸が不機嫌極まりないのは、日高一家の仕事を受けたその日に、さる口入屋から、磯屋の用心棒の話が舞い込んでいたのである。

日高一家を敵に回してでも、磯屋に入り込むほうが、これまで悪事を働いてきた根岸に合っている。惜しい獲物を逃したと、悔やんでいるのだ。

根岸が松を斬らなかったのは、下手人ではないと踏んだからではない。虎吾郎の子分が殺されようがどうされようが、知ったことではない。ただ、偉そうな虎吾郎の思い通りにしなかっただけだ。

根岸は明日にでも新吉原の福満屋に行き、右兵衛に会って磯屋に入り込む話をする腹でいる。

やくざを使って地上げをするよりも、磯屋を喰い潰すほうが、よほど仕事が早く終わると説得するつもりだ。

許しが出たら、ここで共に飲んでいる手下どもと一旦離れ、一人で磯屋に入り込む。

おもうさま楽しんだあとで、右兵衛がほしがる長屋を手に入れればよい。

根岸は昆布の煮物を肴《さかな》に酒を飲み、磯屋に入り込んだ時のことを考え、妄想を膨らませてほくそ笑んでいた。

酔いも回り、いい気分になったところで勘定をすませると、手下どもを引き連れて店を出た。

手下の与太話を黙って聞きながら天王寺《てんのうじ》門前の道を抜け、養福寺《ようふくじ》と畑のあいだの道を歩んでいる時、暗がりの道を、前から歩んでくる者がいた。

いつも通っている道だが、夜中に人とすれ違うのは珍しいことであった。

辻灯籠もなく、月の薄明かりを頼りに歩む根岸たちは、前から来る者の姿を見て立ち止まった。

こつこつと杖を鳴らし、前かがみに歩む者を手下が指差した。

「座頭だ」

警戒の声に応じた根岸は、眼光鋭く前を見据える。

たちまち場が緊迫し、各々が刀の柄に手を向けた。

「おい」

根岸の指図で左右に分かれて、近づいて来る座頭を見守る。

暗いうえに、頬被りが影を落としているため座頭の顔が見えない。

ぼろの着物を纏《まと》い、肩から布を掛けている。

左右に分かれる根岸たちに気付かぬのか、座頭は道の真ん中を歩み、通り過ぎようとした。

「待て」

道を塞いだ根岸が声をかけると、座頭は立ち止まった。顔を伏せ気味にして、黙ったままである。

この先には自分たちのねぐらがあると思った根岸は、油断なく問う。

「貴様、どこから来た」

「…………」

何も言わぬのに応じて、手下の一人が刀を抜いて声を荒らげた。

「怪しい奴。頬被りを取って顔を見せろ！」

座頭は無言でうなずき、ゆっくりと、頬被りに手を伸ばした。

顔を確かめるために根岸が一歩踏み出た時、にわかに雲が月を隠し、真っ暗闇になった。

その刹那、

「ぐわぁ」

誰かの悲鳴があがった。

浪人どもが色めき立ち、明かりを求める声をあげたが、その声は悲鳴にかわってゆき、ほんの少しのあいだで静まり返った。

一寸先も見えない闇の中で、刀を鞘に納める音がした。

寺の前から人気が去った頃になって、閉められていた門の潜り戸が開き、ちょうちんを下げた寺の下男が顔を覗かせた。

物音一つしない通りに恐る恐る出た下男は、ちょうちんをかざしてみる。その頼りない明かりの中に、血だらけの骸が横たわるのを見つけて腰を抜かした。

「ひひ、人殺しぃ！」

声を裏返らせながら大声をあげ、住職に知らせるべく寺の中に駆け込んだ。

やがて雲が去り、月明かりに照らされた通りには、刀を抜きかけて倒れた根岸と、手下の浪人どもがことごとく討ち取られ、無惨な姿を曝していた。

第三章　華山の心情

一

良く晴れた朝だった。

慎吾は、北町奉行所の門を潜って同心の詰め所に入ると、宿直《とのい》をしていた同輩たちに労《ねぎら》いの声をかけて自分の文机に座った。

昨夜は平穏だったという同輩たちと話をしながら、今日はどこから探索をはじめるか思案していた慎吾であるが、詰め所に与力の松島が入ってくるなり、

「夏木、御奉行がお呼びだ。すぐ役宅へ行け」

皆があいさつをする暇もなく不機嫌な様子で言う。

奉行所内の御用部屋ではなく家族もいる役宅ということは、役目とは関わりないことでの呼び出しだろう。

なんの用か訊こうとしたが、それを察した松島が、

「何も訊くな」

という目顔で、顎をしゃくって促した。

ますます気が重くなった慎吾であるが、同輩たちの手前、奉行の命令を拒めるはずもなく、とりあえず足を運んだ。

役宅の玄関ではなく、庭に通じる木戸を開けて外から表に回ると、障子が閉められている父忠之の部屋に近づき、濡れ縁の前で片膝をついた。

「御奉行、夏木でございます。お呼びでございましょうか」

奉行の他に誰が部屋にいるかわからないので、かしこまった言い方をすると、父忠之の声がした。

「おお、来たか。上がって顔を見せよ」

「はは」

濡れ縁から上がり、障子を開けて平伏した。そして顔を上げた慎吾は、忠之の右

前に座る侍に、思わす笑みがこぼれた。

「忠義様《ただよし》」

「うむ、久しぶりだな」

唇の両端を上げて微かな笑みを浮かべる忠義に、慎吾は頭を下げた。

慎吾が腹違いの弟であることを、忠義は知らぬ。それゆえ、妹の静香とそういう仲なのかと訊かれたこともある。

わざわざ役宅に呼び付けたのは、忠義が本気で縁談の話をするのではあるまいかと案じたが、そうではなかった。

忠義は、厳しい顔つきとなって告げる。

「慎吾、上野の日高一家がからむ事件の探索をしているそうだな」

「はい」

どうやら今朝は、寺社奉行の与力として来たらしい。

忠義は膝を少し下座に向け、慎吾を真っ直ぐ見てきた。

「昨夜遅く、天王寺北で浪人者が何者かに斬殺される事件が起きた」

思わぬ話に、慎吾は目を丸くした。

「まことでございますか」

つい先ほど同輩たちから平穏だったと聞いたばかりだから余計に驚き、宿直の者から聞いていないと言うと、忠義は厳しい顔で応じた。

「当然じゃ。逸早《いちはや》く気付いた養福寺の者から知らせを受けた我ら寺社方が、町方よりも先に出張《でば》ったゆえな。近くにある飲み屋の親爺《おやじ》の証言で、斬られたのが日高一家の用心棒であることがわかったゆえ、こうしてまいったのだ」

北町奉行所が一連の殺しの探索をしていることは、寺社方の耳にも入っている。寺社地で起きた殺しは寺社奉行の受け持ちとなるが、忠義は、町奉行である父に気を使ったとみえる。

慎吾はそう思ったが、忠義の考えは違っていた。

事件のことは一切、寺社方は関与せぬと言ったのだ。

「脇坂《わきさか》殿が、そうおっしゃったのか」

忠之が訊くと、忠義が遠慮がちにはいと答えた。

忠之は、忠義に薄ら笑いを浮かべて告げる。

「脇坂殿が、やくざに雇われた浪人者が殺されたことなどに構っておれぬ、とでもおっしゃったか」

　忠義は慌て気味に応じた。

「御奉行は、別の案件で何かと忙しくされておられますから」

　お見通しだと言わんばかりに、忠之から厳しい目を向けられた忠義は、苦笑いをして下を向いてしまった。

　慎吾は、困っている兄に助け舟を出すつもりで口を挟んだ。

「忠義様、斬り口は、鮮やかでございましたか」

　忠義は慎吾に顔を向けた。

「うむ、皆一刀のもとに命を絶たれていた。浪人者とは申せ、大小をたばさむ者を一撃で倒すとは、かなりの遣い手と見た」

「やはり、そうでありましたか」

「慎吾、下手人に心当たりがあるのか」

　忠之に訊かれ、慎吾は考えを述べた。

「深川で日高一家の若頭と子分が殺された件と、此度のことは、同じ下手人と思われます。若頭たちの件で、磯屋周三郎殺しの復讐ではないかと探りを入れたのですが、証しらしい証しはなく、行き詰まっておりました」

「で、いかがする」

「これから日高一家に行って虎吾郎に会い、思い当たるふしはないか訊いてみます」

「周三郎殺しを問うか」

「惚けるようなら、もう一度しょっ引きたいのですが」

「よかろう。松島には、わしから言うておく」

「はは」

慎吾は頭を下げ、忠義にも頭を下げて辞した。

作彦を深川へ走らせて五六蔵を呼び、両国橋《りょうごくばし》西詰の茶店で落ち合うと、上野に向かった。

歩きながら五六蔵が問う。

「旦那、日高一家の用心棒が斬られたってのは……」

「ほんとうだ。今朝、忠義様が教えてくださった」

五六蔵が前に出て足を止めた。

「手前としたことが、うっかりしておりました」

「どうして頭を下げる」

「昨夜日高一家に、松次郎を張り付かせていたんですが、出かけた浪人者が居酒屋に入ったのを見届けて、一家の見張りに戻ったんで」

五六蔵の後ろで、松次郎が小さくなっている。

「二人とも頭を上げてくれ。おれが行っていても、松次郎と同じことをしたさ」

慎吾がそう言うと、松次郎の顔がぱっと明るくなった。

「そうですよね」

松次郎に五六蔵が振り向き、頭をぽかりとやった。

「調子に乗るんじゃねぇ」

「面目ねぇ」

恐縮する松次郎に、慎吾はいいから先を急ぐぞと言って足を速めた。歩きながら五六蔵に顔を向ける。

「それよりな、とっつぁん」

「へい」

「今日はどうでも、虎吾郎の奴に白状させるぞ。惚けやがったら少々手荒になるから、油断は禁物だ」

「がってん承知。おめえたち、気を抜くんじゃねえぞ」

松次郎と伝吉、又介《またすけ》の三人に言い聞かせた五六蔵が、襟を引き締めて慎吾に続く。

南大門町《みなみだいもんちょう》の表通りに堂々と居を構える日高一家に着いた慎吾は、表の障子を開けようとしたが戸締りがしてあり、平手でたたいた。

「北町奉行所だ。検めたいことがある。ここを開けろ」

声をかけると、心張り棒を外す気配がして、僅かに障子が開けられたあいだから人が覗いた。

五六蔵が十手を抜いてあいだに突き入れ、さっと開けた刹那、

「おっ」

と声をあげて身構えた。

土間にいる数人が長どすを構えて、今にも斬りかかりそうだったからだ。

「刀を納めろ」

奥からした声に応じた子分たちが、長どすを鞘に納めて左右に分かれ、道を空け

た。

座敷では、長火鉢の前に座る虎吾郎が、渋い顔で煙管《キセル》を吹かしている。

火鉢の角で煙管をかつんと打って煙草《タバコ》を落とし、眼光鋭く顎を振る。

「おう」

この一言で、片膝をついて控えていた子分が立ち上がった。

土間に来ると、慎吾の前で両膝に手を置いて頭を下げた。

「失礼しやした。どうぞ、お入りになっておくんなせぇ」

頭を下げたまま、右手を奥に向けて誘《いざな》う。

慎吾は五六蔵と顔を見合わせた。

五六蔵が抜いた十手を肩に当てて足を踏み入れ、子分の前に立った。

「素直じゃねぇか、ええ」

子分は目を伏せ、

「ささ、どうぞ」

腰を折って誘う。

慎吾が五六蔵の肩をたたき、土間の奥へと進んだ。

虎吾郎が笑みを見せて、上がり框まで出てきた。

「ささ、旦那、草履をお脱ぎになっておくんなせぇ」

「いや、ここで結構だ」

慎吾は厳しい顔を崩さずに言うと、虎吾郎が頬をぴくりと引き攣《つ》らせたが、

「おい、ぼさっとしてねぇで、旦那に茶だ」

子分をひっぱたいて憂さを晴らすと、慎吾に鋭い目を向ける。

「旦那、昨夜のことで来なすったので？」

「うむ」

「それじゃ、下手人が見つかったんで？」

「さっぱりわからねえから来たのよ」

虎吾郎があからさまに顔をしかめ、横を向いて舌打ちした。

慎吾が厳しく問う。

「虎吾郎、こいつは仕返しだろう。正直に言え、周三郎を殺めた仕返しをされたんじゃないのか？」

「冗談じゃねぇぜ旦那。下手人はおれじゃねぇって」

「だったら、どこぞのやくざ者に狙われたのか」

「それもねぇですよ。前はともかく、今はどことも喧嘩をしちゃいねぇですからね」

「おう、旦那になんて口のききかただこの野郎」

五六蔵が怒って前に出ると、虎吾郎が身構えた。

抵抗するのかと思いきや、

「五六蔵親分、このとおりだ。助けておくんなせぇ」

眉尻を下げて手を合わせた。

この前とは違う弱気な態度に、慎吾は思わず五六蔵を見た。

虎吾郎が続ける。

「あんたの過去は知らなかったんだ。このとおりあやまるから、な、助けてくれ。礼ならたっぷりするからよう」

「やめねえかい」

迷惑そうにする五六蔵に対し、虎吾郎は、まるで神仏にでもすがるように拝んだ。

子分たちも頭を下げたのには、さすがの五六蔵も困った顔をして告げる。

「おれなんかよりな、旦那のほうがよっぽど頼りになるぜ。ただし、嘘を言われたんじゃ、さすがの旦那も助けられねぇ。正直に言ってみろ」

すると虎吾郎は、神妙な顔を慎吾に向けた。

「やったのは、座頭です」

若頭を使って磯屋の母子をかどわかそうとしたことも、正直に話した。

「誰か、顔を見たのか」

慎吾の問いに、虎吾郎はかぶりを振った。

「斬られた子分が一人生きて戻りやしたが、何か言おうとして死んじまいやしたし、雇った先生方はご存じのとおり、皆殺しでさ」

慎吾は顔をしかめた。

「死んでしまった者は気の毒だ。何を根拠に、下手人が座頭だと決めつける」

「あっしが助けた仙次郎が、気を失う前にそう言ったんで、間違いねえです」

背後でした声に慎吾が振り向くと、若い子分が怯《おび》えた様子で頭を下げた。

虎吾郎から、子分の金治だと教えられた慎吾は問う。

「金治、お前は顔を見ていないのか」

「暗かったもので……」

「そうか。ありがとうよ」

「旦那、憎い野郎を捕まえてください」

涙を浮かべて訴える金治に、慎吾はうなずいた。

「人殺しは、必ず捕らえる」

そう言った慎吾は、胸にいやなものがつっかえていた。

五六蔵も同じことを考えているらしく、浮かぬ顔をしている。

その五六蔵に、伝吉が小声で言う。

「親分、まさか松が……」

「馬鹿野郎！」

五六蔵の怒鳴り声に、やくざたちがびくりとした。

まだ何も言っていないのに叱られて、首をすくめている伝吉に、五六蔵が不機嫌に言う。

「証しもねぇのに、人様の前で軽はずみなことを言うもんじゃねぇ！」

「親分さん、そうかっかしたら身体に毒ですぜ」

あいだに入ったのは、虎吾郎だ。

五六蔵が不機嫌な顔を向けると、虎吾郎が告げた。

「座頭の松でしたら、白ですぜ」

言っておいて、虎吾郎が思い出し笑いをすると、子分たちも笑った。

それを見て、慎吾は厳しく問う。

「虎吾郎、まさか松を疑って調べたのか」

虎吾郎は笑みを消した。

「子分をやられて黙ってやしませんよ。まずは野郎のことが頭に浮かんだもので、訊いただけです。そしたらあの野郎、ちょいと脅しただけで糞尿を漏らしやがった。ありゃどう見たって、人を殺めるような度胸はござんせんよ」

「危ない真似をするな。松が下手人だったら、今頃命はなかったかもしれぬぞ」

「おっしゃるとおりですがね、指をくわえてじっとなんかしてられません。必ず仇を見つけますぜ」

「他の座頭に心当たりがあるのか」

「ありやせん」

五六蔵が舌打ちをした。

「ねえのかよ！」

虎吾郎は五六蔵に対して下手に出た。

「今から、座頭を片っ端から調べるつもりでした」

慎吾は止めた。

「やめておけ。お前が狙われているとしたら、向こうの思う壺だぞ」

不服そうな虎吾郎に、慎吾は続ける。

「お前を恨む誰かが、殺しを生業にする座頭を雇ったに違いないのだからな」

「畜生め」

怒りを吐き捨てる虎吾郎を見て、慎吾は磯屋を疑った。

「虎吾郎、蛸壺長屋の地上げはあきらめたのか」

「え？　そ、そいつぁ……」

言葉を濁して目を泳がせる虎吾郎に、慎吾が詰め寄る。

「どうなんだ」

「やめられるわけねぇですよ。それこそ、命がいくつあっても足りやしねぇ」

「お前を雇っている新吉原の福満屋右兵衛と申す男は、そんなに恐ろしい男なのか」

慎吾がこう切り出すと、

「そりゃもう、福満屋の旦那にくらべりゃ、あっしなんざちんぴらも同然ですよ。やくざを渡世とする者で、福満屋に逆らう者はおりやせんでしょうよ」

虎吾郎が、当たり前のようにそう言った。

慎吾は、この機を逃さず問う。

「五六蔵親分と、どっちが恐ろしいのだ？」

「へ？」

「お前の態度の変わりようが気になってな。五六蔵の過去の、何を知ったんだ」

虎吾郎は意外そうな顔をした。

「旦那は、ご存じでねえので？」

「ご存じねえのよ」

驚いた虎吾郎は、五六蔵をちらりと見て、唾を飲み込んだ。

慎吾が虎吾郎に続いて顔を向けると、五六蔵は目をそらした。

伝吉たちは、なんのことかと不思議そうな顔をしている。

「あ、あっしの口からは、どうも、ご勘弁を」

顔を青ざめさせて懇願する虎吾郎を許した慎吾は、五六蔵に問うべく顔を向けた。

「とっつぁん……」

「旦那、手前のようなもんの過去なんざ、どうでもいいじゃござんせんか。それより、今すべきことは下手人の探索です。指図をしておくんなさい」

五六蔵は、昔のことに立ち入らせぬ気迫を面《おもて》に出して、慎吾の目を見ている。

慎吾の祖父に大恩があると言うが、その理由すら話したがらぬ五六蔵だ。

その気持ちをくんで、慎吾は五六蔵に詫びた。

「すまん。もう訊かぬ」

五六蔵は頭を下げた。

慎吾が告げる。

「虎吾郎」

「へい」

「命が惜しかったら、下手人が捕まるまで出歩くな」

「でも旦那……」

「福満屋が恐ろしいか」

「仕事をしねえ者には、厳しいお人ですから」

「人が死んでるんだぞ。周三郎殺しの探索の目は、蛸壺長屋をほしがる福満屋にも向けられている。この意味がわかるか」

虎吾郎がはっとした。

「座頭の殺し屋が、腹満屋の旦那も狙うとおっしゃりたいので？」

「お前が狙われたのだ。ない話ではないと、福満屋に言っておけ」

虎吾郎は神妙に頭を下げた。

「承知しやした」

「もう一度言っておくが、下手人は相当な遣い手だ。死にたくなかったら、子分の仇を討とうなどと思うなよ」

少々不服そうだが、虎吾郎は承知した。

慎吾は冷え切った茶を飲み干して、五六蔵たちと表に出た。背後から、

「親分、どうするんで」

「馬鹿野郎、おれが知るかそんなこと」

子分を怒鳴る虎吾郎の声が聞こえてきた。

切迫した様子からして、虎吾郎は嘘八百を並べているのではなく、本気で脅えている。

下手人の影が見えるかと期待していた慎吾は、ため息をついて通りに足を進めた。

二

伝吉が、草餅を一口かじって目を丸くした。

「旨い」

帰りに立ち寄った餅屋で一息ついた慎吾は、喜んで食べる伝吉を見ながら、五六蔵に言う。

「とっつぁん。もういっぺん初めから、調べなおしたほうがよさそうだな」

湯呑みを置いた五六蔵が、うなずいた。

「手前も今、どこから当たろうか考えていたところです」

知恵袋の又介が、餅を口に運びかけた手を止めて慎吾に顔を向けた。

「座頭というのが、どうも引っかかりますね」

「うむ。虎吾郎が関わっている土地の近くに、一人いるというのもな」

「旦那、やっぱり松を疑っているのですか」

五六蔵の問いに慎吾が答える前に、又介が口を挟んだ。

「松は、周三郎さんを殺めた下手人を見たのではないでしょうか」

松次郎が続く。

「そういやぁ、松の本宅は、周三郎さんが殺められた場所のすぐ近くだ」

伝吉が手を打ち鳴らした。

「だから松は、世話になった周三郎さんの仇を討ったんだ」

「おいおい、松は目が見えねぇんだ。どうやって……。ああ!」

横で大声をあげられた慎吾は、耳を指でほじった。

「とっつぁん、いったい何を思い出したんだ？」

「女ですよ女」

「女？」

「そうです。覚えていませんか、松と一緒にいた女郎です。あの女が、周三郎を殺した下手人を見たんじゃないでしょうか」

慎吾は腕組みをして考えた。

「その筋は薄いな」

「どうしてです?」

「あの女が下手人を見たなら、調べに行ったおれたちに黙ってはいまい。それに、虎吾郎が殺しをしているようには思えん」

みんな押し黙ってしまった。

「ああ!」

今度は伝吉が大声をあげて立ち上がった。

「福満屋じゃねえですか。虎吾郎がもたもたしてるのに痺《しび》れを切らせて、磯屋を襲わせたんじゃ」

五六蔵が、腕組みをして首をかしげた。

「そいつはおれも考えたがな……」

その先を言わない五六蔵に、慎吾が問う。

「どうした、とっつぁん」

「いえね、福満屋のことは、手前もちょいと知っているのですが、てめぇがお縄になるような真似をする男じゃござんせん。虎吾郎とは別に、汚れ仕事をさせる者を雇っていれば、話は変わってきやすが……」

「腑に落ちないようだな。つまりとっつぁんは、福満屋は殺しをしないと言いたいのだな」

「商いの手を広げている今じゃ、人が変わっちまったかもしれやせんが」

「よし、客のふりをして、福満屋に探りを入れてみるか」

「旦那、手前にやらせていただけやせんか」

「親分、吉原に行きなさるんで？」

目を輝かせた松次郎の額を、五六蔵が指でぴんと弾いた。

「馬鹿。遊びに行くんじゃねぇぞ」

「わかってますともよ。でも客として行くなら、お供もいるでしょう」

「一人で十分だ」

「そんな殺生な」

慎吾が告げる。

「とっつぁん、見るのはただだ。連れて行ってやりなよ」

「旦那までそんなことを……」

「相手は虎吾郎も怖れる男だ。一人で行かせるのは心配なんだよ」

五六蔵は慎吾の気持ちを汲み、うなずいた。

「わかりました。連れて行きやしょう」

「伝吉、悪く思うなよ」

松次郎が自慢げに言うと、伝吉は間に合っていると返して、鼻で笑った。吉原に興味がないのだ。

女房一筋の又介もまたしかり。

決まったところで、慎吾は勘定を置いて立ち上がった。

「おれはもういっぺん、磯屋の周りを探ってみるとしよう。伝吉と又介は、日高一家を頼む」

「がってんだ」

「承知しました」

応じて見送る伝吉と又介を上野に残して、慎吾たちは深川に戻った。

途中で、客に成りすますため夜に出かけるという五六蔵と別れた慎吾は、作彦と二人で磯屋に向かった。

店は閉められていたが、周三郎の葬儀の日取りが決まったらしく、番頭たちは出払っていた。

慎吾を迎えた女中が、もうすぐ帰るはずだというので、出された茶をすすりながら待っていると、表に駕籠が止まり、女将のおやすが降りてきた。

番頭と、大家の由吉の顔もある。

「邪魔しているぜ」

慎吾が声をかけると、おやすが冷めた顔で頭を下げ、番頭はあからさまに、煙たそうな顔をした。

由吉は相変わらず頼りなげな顔で頭を下げ、おやすに向く。

「では女将さん、わたしはこれで」

「明日はよろしくね」

「はい」

帰ろうとする由吉に、慎吾が声をかける。

「すまぬが、お前も話を聞かせてくれ」

由吉は快諾して、おやすに続いた。

おやすが座敷に上がって座り、由吉が番頭の横に並ぶのを待って、慎吾はこう切り出した。

「これまでいろいろ調べたんだが、どうやら周三郎を殺めたのは、日高一家の連中じゃないようだ」

「そんな、それじゃいったい、誰が旦那様を」

詰め寄る番頭を、慎吾は見上げた。

「そこよ。どうもしっくりこぬ。もう一度よく思い出してくれ、周三郎は、誰かから恨みを買っていなかったか」

目を丸くする番頭は、怒気を浮かべた。

「何をおっしゃいます、とんでもない。人から慕われこそすれ、恨まれるなんてあり得ません」

慎吾は、由吉に目を向けた。

すると由吉は、

「わたしも、聞いたことがございません」

真っ直ぐ目を見てこう返した。

最後におやすを見ると、おやすは目をそらした。

慎吾は動揺の色を見逃さぬ。

「どうだ、女将」

おやすは怒りを帯びた目を向けて、無言でかぶりを振った。

慎吾は十手を抜いて、肩をたたいた。

「まいったな。下手人の影がまったく見えてこぬ。お手上げだ」

番頭が心配そうな顔をした。

「旦那、しっかりしてくださいよ。このままじゃ、旦那様が成仏できませんから」

「わかっているよ」

慎吾は顔をしかめて、下を向いて考えた。そしてふっと思いつき、

「こいつは案外、身近なところにいるかもしれぬな」

番頭に厳しい口調で告げると、疑う目で三人の顔を順に見た。

「じょ、冗談にもなりませんよ。どうしてわたしたちが旦那様を」

「そうですとも。いいかげんなこと言わないでくださいな」

由吉が慌てて否定し、おやすが怒った。

慎吾は、じっと三人を見ている。

「たとえばの話だ。周三郎に近しい者で、思い当たる者はおらぬか」

「いません。いるわけがない」

おやすがきっぱりと言い切った。

「まあいいや。こっちはこっちで調べるから、何か思い出したら知らせてくれ」

そう告げた慎吾は、邪魔したなと言って、作彦と共に磯屋を出た。

事件を抱えていても、受け持ちの夜回りは怠れぬ。

宿直の慎吾は、夜に備えて腹ごしらえをするべく、佐賀町《さがちょう》のむらくもに足を向けた。

暖簾を潜ると、小女《こおんな》のおすみが笑顔で迎えてくれ、通りが見える奥の席に通してくれた。

「何にしますか？」

湯呑みを置きながら注文を聞くおすみに、慎吾が応じる。

「いつもの鴨南蛮《かもなんばん》を頼む」

「こっちはざるで。あ、二人前ね」

慎吾は飲みかけた湯呑みの手を止めて、作彦を見た。

「相変わらずよく食うな」

「旦那様と一緒で、ここの蕎麦《そば》がすっかり好物になっちまいまして」

「ありがとうございます！　たくさん食べてくださいね」

おすみが嬉しそうに言って下がった。

運ばれた熱々のどんぶりには、鴨とねぎがたっぷり入っている。濃い目の出汁にしっかり浸すのが慎吾の食べ方だ。

作彦はざるに盛られた蕎麦を箸で取り、ちょこのつゆにちょいとつけて口に運ぶと、大きな音を立ててすすった。

「この喉越しがたまらねえので」

幸せそうな顔で言いながら、ぺろりと二人前を平らげた。

鴨肉とねぎを口に入れた慎吾は、嚙《か》むごとに染み出る旨味と肉の歯ごたえを楽しんだ。

蕎麦に手をつけるころには少しのびているが、慎吾にとっては良い具合なのだ。

蕎麦湯を飲みながら、作彦が言う。

「しかし旦那様」

「うむ」

「此度は妙な事件ですね。磯屋を殺めた下手人に繫《つな》がる手がかりになりそうな物が、何一つないのですから」

「それよ。何か肝心なところを見落としているような気がしてならん」

「そいつは、何でございますか」

「それがわからぬから、悩んでいるのだ」

慎吾は蕎麦をたぐったまま、考え込んだ。そして、頭に浮かんだことを口にした。

「ひょっとすると、長屋の連中の中に下手人がいるかもな」

作彦が身を乗り出す。

「するとこうですか。蛸壺長屋を売らせないために、誰かが磯屋を殺めた」

「周三郎は匕首のような物で一突き。いっぽうの虎吾郎の子分たちは、刀で斬り殺されている。これだけ見ると、下手人は一人とは思えぬが、実は同じ者かもしれぬ。そう考えると誰が浮かぶ？　周三郎に近い者の顔を思い浮かべてみろ」

作彦は、口をひょっとこのようにすぼめて天井を見上げた。

慎吾は長屋の連中の顔と磯屋の面々を順に思い浮かべた。だが、怪しげなそぶりを見せた者はいない。

「やはり、あの者を調べてみるか」

「誰のことで？　旦那様、まだ蕎麦が残っていますよ。旦那様」

作彦は急いで蕎麦湯を口に流し込み、店を出る慎吾のあとを追った。

三

「ささ、まずは一献」

手代に酒をすすめられた五六蔵は、朱塗りの盃を差し出した。

慣れない上等な生地の着物と羽織を着た五六蔵の姿は、強面《こわもて》のせいか、大店の主人というよりは、やくざの大親分だ。

下座に座っている松次郎はというと、料理に手を付けず落ち着かない様子で、おなごはまだかとばかりに廊下を見ている。その顔立ちは良いほうではないが、馬子にも衣裳《いしょう》とはよく言ったもので、商家の若旦那で通用する。

二人が福満屋の暖簾を潜ったのは、店がこの日一番のにぎわいを見せていた頃だ。酒を一口飲んだ五六蔵は、手代の袖に紙の包みをねじ込んだ。

「祝儀だよ」

手代が喜んだところで言う。

「あるじはいるかい？」

「はい。おります」

「ちょいとあいさつがしたいんだが、ここへ呼んでくれ」

手代は不安そうな顔をした。

「何か無作法がございましたか」

「そうじゃあないよ。右兵衛さんとは昔馴染みだから、久しぶりに顔を見たいと思ったださけ」

「ああ、さようでございましたか」

安心した手代は、すぐにお呼びしますと言って下がった。

程なく戻った手代が、廊下で正座して頭を下げた。

「お待たせしました」

「よう、右兵衛さん」

五六蔵が声をかけ、含んだような笑みを浮かべると、座敷に入ろうとしていた右兵衛はすぐにはわからなかったのか、じっと見て、あっと声をあげて驚いた。

「五六蔵さんじゃないですか」

右兵衛は笑顔で歩み寄り、手をにぎって喜んだ。

「いやあ、お懐かしい」

五六蔵も笑顔で応じる。

「会うのは、いつぶりかな」

「十年、いや、十二年ですよ」

「もうそんなに経つのか」

「お互いに、歳を取りましたな」

「お前さんは変わらないぜ」

「いえいえ。もうじじいですよ。それはそうと、今の稼業はどうですか」

「楽しいといっちゃぁ語弊があるが、まあ、恩返しをさせてもらっているよ」

「噂は届いていますよ。案外、性に合っているのじゃござんせんか」

「冷やかすない」

一癖も二癖もありそうな二人がくつくつと笑い合うのを見て、松次郎はごくりと喉を鳴らした。

「こちらさんは」

右兵衛に目を向けられ、松次郎は思わず居住まいを正した。五六蔵に向ける目とは明らかに違う、刺すような眼差しをしているからだ。

「親分に世話になっている、松次郎と申します」

冷や汗をかきながらも、堂々とした口調で言うと、右兵衛が薄笑いを浮かべてうなずいた。

「てことは五六蔵さん、お役目で来なすったね」

五六蔵は羽織を開いて見せた。

「新吉原はおれの縄張りじゃねぇのでな。このとおり、十手も持っちゃいねぇぜ」

「では、思うさま遊んでください。お代はいりませんから」

「いいんですか」

松次郎が嬉しさのあまり泣きそうな声をあげた。

「馬鹿、調子に乗るんじゃねぇ」

五六蔵に叱られて首をすくめる松次郎を笑った右兵衛が、

「まあまあ、いいじゃありませんか。わたしの気持ちですよ」

手をたたくと、心得ている手代が障子を閉めて下がった。

五六蔵は、右兵衛に顔を近づけた。

「今から話すことは、ほんの世間話と思って聞いてくれ。このとおり十手も持っちゃいねぇから、答えようが答えまいが、おめえさんの胸一つで結構だ」

「水臭い。なんなりと訊いてください」

「磯屋のことだ」

途端に、右兵衛は表情を曇らせて目を伏せた。

「そんなことだろうと思っていましたよ。あそこは、五六蔵さんの縄張りですからね」

「だったら話が早い。おめえさんが日高一家を雇って地上げをしたのはわかっているが、磯屋の周三郎を殺めた下手人の手がかりがまったくなくてな。心当たりがあるかい」

五六蔵の心底を見抜いたか、右兵衛は険しい顔をした。

「今日の今日まで来なさらなかったということは、五六蔵さん、このわたしを疑っていなさったね」

「その逆だ。おめぇさんが捕まるような下手を打たねぇのは、このおれがよおく知っているからな。おれが訊きたいのは、日高一家の他にも、人を雇ったかということだ」

「いいえ。雇っていません」

右兵衛は真っ直ぐな目を五六蔵に向けて、口元に笑みを浮かべて続ける。

「五六蔵さん、周三郎さんがわたしのせいで殺されたとお思いでしたら、とんだ見当違いですよ」

「そうかい？」

「そもそも、周三郎さんが殺されて困っているのは、このわたしなのですから」

「てことは、周三郎が土地を売るのを承知していたというのは、事実なのか」

「承知も何も、初めに話を持って来たのは周三郎さんのほうです」

「なんだと！」

五六蔵は松次郎と顔を見合わせた。松次郎は、信じられないという表情をしている。

五六蔵は右兵衛を見た。

「詳しく聞かせてくれ」

「いいですとも」

右兵衛は、神妙な顔で告げた。

「わたしは、新しい店を出そうと土地を探していたのですが、周三郎さんはどこで耳にしたのか、突然ここに来て、土地を買ってくれと言われましてね」

「おいおい、やくざに地上げをさせといて、見え透いた嘘をつくんじゃねえぞ。お前さんらしくもねぇ」

「それが、ややこしい話なのですよ。長くなりますから、酒でも飲みながら聞いてください」

右兵衛が銚子《ちょうし》を取った時、障子が開けられ、先ほどの手代が声をかけた。

「旦那様、支度が整いましてございます」

「どうです、お若いの」

右兵衛に別室をすすめられた松次郎であるが、これから肝心な話がはじまるところで出ていくわけにもいかず、もじもじとしながら五六蔵を見た。

「ここはいいから、お言葉に甘えてこい」

「親分、いいので？」

「他ならぬ右兵衛さんの気持ちだ。ありがたく受けな」

「へい、それじゃぁ」

松次郎は素直に応じて、手代の案内で二階へ上がった。

「すまねぇ」

五六蔵が頭を下げると、右兵衛が目を丸くした。

「やめてください。わたしと五六蔵さんの仲じゃぁございませんか」

「あいつは女に縁のねぇ奴でな、世話になるのはいいが、がっつきゃしねぇか心配だぜ」

「はは、いかさま。手練手管に長《た》けたのをお付けしましたので、お若いのには、少々毒かもしれませんが」

二人はにやけて、うなずき合った。

「では右兵衛さん、さっきの続きを聞かせてもらおうか」

五六蔵が身を乗り出すと、右兵衛は真顔となり、声を潜めて子細を聞かせてくれた。

四

五六蔵と松次郎が深川に帰ったのは、町の木戸が開けられてからだ。

浜屋の泊り客が出かける忙しい頃合いにこっそり入り込もうと、暖簾の隙間から中の様子をうかがっていた五六蔵が、背後から肩をたたかれて、わっと大声をあげた。

慎吾がにやけているのを見て、五六蔵は胸をなで下ろした。

「ああびっくりした。旦那ですかい」

「今帰ったのか。ははぁん、その様子だと、女将さんを怖れるようなことをしてきたな」

五六蔵は無言で自分を指差したあとで手をひらひらとやり、松次郎を指差した。

慎吾が見ると、松次郎はうっとりした顔で、こころここにあらずといった様子だ。

慎吾は笑った。

「まだ夢の中にいるようだな。それで、とっつぁんのほうはどうだったんだ」

「手前はそんな歳じゃぁござんせんよ。ただ右兵衛と飲み明かしたまでで」

「右兵衛と？　ずいぶん親しいように聞こえるが」

「奴とは、若かりし頃の馴染みでござんすよ」

「馴染みとは、どのような馴染みだ」

「まあ、そいつは昔のことで」

五六蔵は言葉を濁した。

「二人で悪さをしたんじゃないんですか？　あっしにはそう見えましたぜ」

松次郎がおもしろげに言い、おかげで、あっしは良い思いをさせていただきやしたがねと言った。

また思い出したのか、ぼうっと空を見上げる松次郎に、慎吾は呆れた。

「まあいいや。とっつぁん、やましいことがないのなら、こそこそしないで堂々と入りなよ」

「おうともよ。この五六蔵、女房なんざ怖れちゃいませんや」

胸を張って啖呵を切ると、暖簾を分けて入った。だが、そこから一歩も動かない。

ぶつかりそうになった慎吾が背中を押して入ると、千鶴が座敷で仁王立ちしていた。

「親分！」

慎吾の背後に回る五六蔵を、千鶴が首を伸ばして見下ろし、
悪さをした子を叱る母親のように言うと、下唇を噛んでしかめっ面をして見せた。

「朝がお早いことで」

投げられた嫌味に五六蔵が笑って誤魔化し、

「おれは、何もしちゃいねえぜ。右兵衛は昔馴染みでな、飲み明かしただけだ」

あれやこれやと身の潔白を並べてみたものの、千鶴はすべてお見通しらしく、つんとした顔を崩さない。かといって雷を落とすわけでもない懐の大きさに、五六蔵

はすっかり降参した。

「すまねぇ」

この一言で、千鶴は何ごともなかったように仕事に戻ったのである。

「泣く子も黙る五六蔵親分も、女将さんにかかっちゃぁ、赤子みてぇでございますね」

慎吾の後ろにいた作彦が、いい物を見たと言って喜んだ。

「ああ、もう一度行きたいなぁ」

よっぽど良い思いをしたらしく、松次郎がふらふらと言う。

「このやろ」

五六蔵が黙ってろと言い、ぽかりと頭をたたいた。

「おめえがいつまでも下りてこねぇから、大門が閉まっちまったんだぞ」

叱られてもにやけている松次郎の顔を、作彦が下から見上げた。

「あぁあ、毒花にやられてますね。こりゃ当分使えませんよ」

「ほっときゃ治るだろうよ」

慎吾が笑って言い、五六蔵に向いた。

「ところでとっつぁん、話の続きだ」

「へい。まあ、奥へ」

打って変わって真顔で促された慎吾は、五六蔵に続いて奥の座敷に入った。

「とまあ、このようなことでして、右兵衛が縷々《るる》述べたことは、実に奇妙と申しやすか、周三郎は、いってぇ何を考えていたんでしょうね」

話を終えて茶をすする五六蔵の前で、慎吾は腕組みをした。

「つまり、日高一家の地上げは、周三郎が頼んだ嘘ごとだったのか」

「へい」

慎吾は難しい顔をした。

「婿養子ならではの、気兼ね、というやつか」

五六蔵は慎吾を見て言った。

「てめぇから売ると持ちかけたのを、女房に知られたくなかったとおっしゃりたいので?」

「あくまでおれの推測だが、やくざに地上げをされて、仕方なく売るように見せかけたかったのだろう」

「どうしてそこまでして売ろうとしたんでしょうか」

「右兵衛は、そこを言わなかったのか」

「訊いても、答えなかったそうです」

「蛸壺長屋だけじゃなく、小店も含めての土地だ。相当な値になるだろう」

「右兵衛は、五千両で話を付けていたそうです」

「博打で作るような借金の桁じゃないな」

慎吾は手で顎をつまんで考えた。番頭の言っていたことがほんとうなら、借金があるとは思えない。

「そもそも、金の問題じゃないのかもな」

五六蔵は身を乗り出した。

「とおっしゃいますと？」

「人だ。あの土地から、住人を追い出したかったのかもしれんぞ」

「なるほど。でも旦那、周三郎は地主なんですから、気に入らなきゃ追い出しゃすむことじゃねえですかい？」

「養子のうえに、気が弱い男だ。面と向かって言えなかったんじゃないだろうか」

「それだけの理由で、土地まで売ろうとしますかね」

「はた目には容易いように見えて、当人にとっては、そこまでするわけがあったに違いない。何か揉めごとがなかったか、長屋を調べてみようか」

「手前におまかせを」

「いや、とっつぁんには他に頼みたいことがある」

「なんでしょう」

「出ていった店子を調べてくれ。名主の邦右衛門《くにえもん》なら、引っ越し先を知っているはずだ」

「承知しやした。旦那はどうされやすか」

「おれはこれから蛸壺長屋に寄って、そのあと奉行所に戻る。何かわかったら、奉行所に知らせてくれ」

「承知しやした。旦那、朝飯を食って行っておくんなせぇ」

「ありがとよ。だが、宿直明けはどうも食えなくてな。もう行くよ」

慎吾は浜屋を出た足で、蛸壺長屋に向かった。

ちゃっかりにぎり飯をもらっていた作彦は、歩きながら腹ごしらえをしている。

蛸壺長屋の連中は漁師が多いだけに、ほとんどの家が朝餉をとっくにすませていて、亭主を送り出した女房たちは井戸端で洗濯をしていた。

「おはようさん」

「あら旦那。おはようございます」

おそねや、長屋の女房たちが笑顔で迎えてくれた。

慎吾は、おそねのそばに寄った。

「朝から精が出るな」

「旦那こそ」

「おれは宿直明けだ」

「あらまぁ、ご苦労様で」

などと話しているところに、由吉が出てきた。

女房に逃げられた四十男のやもめ暮らしだ。今日は周三郎の葬儀で忙しいという日でも、まだ月代《さかやき》も揃えちゃいない。

「由吉さん、早くしないと遅れちまうよ」

「はいはい」

おそねに急かされた由吉が、慎吾に頭を下げて井戸の水を汲み、顔を洗った。

おそねが洗濯《せ》をしながら訊く。

「昨夜は遅かったのかい」

「ほんの、一刻（約二時間）前に戻って、一息ついたところですよ」

由吉が、手拭いで顔を拭きながらそう答えた。

「そうだったのかい。月代剃《そ》ってあげようか」

「いえいえ、あたしは裏方ですから、このままで」

「そうはいかないよう。旦那様に失礼だろう」

「そうだぜ由吉、剃ってもらいなよ」

慎吾が言うと、由吉が苦笑いで応じた。

「では、お願いします」

「あいよ」

家から道具を持って来たおそねが、由吉を井戸端に座らせると、慣れた手つきで剃刀《かみそり》を滑らせた。

慎吾は、見事なもんだと褒めながら、話を切り出した。

「周三郎のことで、おめぇさんたちにちと訊きたいことがあるんだがな。この長屋の者で、近頃引っ越して行った者はいるかい」

「いないよ」

「そうかい。だったら、周三郎と揉めていた者はいるか」

おそねが月代を剃る手を止め、慎吾に顔を向けた。

「聞いたことないね。どうしてそんなこと訊くのさ」

下手人が日高一家の者じゃなく、周三郎に近い者の仕業という疑いが出てきたことを告げると、女房たちは顔を見合わせた。

「あんたたち、知ってるかい」

おそねが他の女房たちに言うと、みんな首を横に振った。

ふたたび手を動かすおそねが、月代を見つめながら言う。

「由吉さん、あんた聞いていないのかい。旦那様と仲良しだったんだろう」

「さあ」

「ほんとかい。毎晩のように酒を飲んでいたんだから、何か聞いてるんじゃないのかい」

「聞いていませんよ」

慎吾が問う。

「おめえさん、周三郎と毎晩一緒にいたのか」

「ええ、酒を飲むと言いましても、これをしながらですが」

由吉が囲碁を打つ手をして見せるので、慎吾は鼻に皺を寄せた。

「鯉以外に趣味があったではないか」

「そう言われてみれば、そうでした」

由吉は忘れていたと恐縮し、ほんの遊びですから、と言いわけした。

「よく言うよ、夜中までしてたくせに」

おそねが突っ込むと、由吉が驚いた。

「よくご存じで」

「そりゃそうさ。あたしらは、朝が早い亭主のために夜中に起きてるんだから」

時々、夜中に帰っていく周三郎を見たと言われて、由吉は苦笑いをした。

「つい夢中になる時がありましてね。気付いたら朝になっていたこともしばしば」

「お美津《みつ》さんも、呆れていたろうさ」

おそねが言うと、由吉がいやそうな顔をした。

「出ていった女房のことは、もう勘弁してくださいよ」

「そうだね。早く新しい女房もらわなきゃね。もう若くないんだからさ」

「もうこりごりで。一人が気楽でいいですよ」

由吉がせいせいしたように言うものだから、歳を取ったら寂しくなるだの、子宝を授からなくてどうするだのと、おそねがお節介をはじめた。

黙って聞いていた慎吾は、困り果てた顔をする由吉に助け舟を出してやろうと割って入った。

「由吉、おめえさん国はどこだ。言葉に少し訛《なま》りがあるが」

「伊予《いよ》です。商家に生まれましたが、潰してしまいましてね。花の江戸でやりなおすつもりで来たのですが、何をやってもうまくいかず、食い詰めていたところを旦那様に助けられたのです」

二年前のことだという。

町の老人たちが道端で囲碁をしているのを見ていた時、たまたま周三郎も勝負を覗いたのがきっかけで話をするようになり、大家に誘ってくれたらしい。

そこまで慎吾が聞いた時、おそねが口を開いた。

「運がよかったよねぇ。前の大家さんが隠居したいと言いだしたものだから、新しい人を探していなさったから」

由吉は微笑み、目を赤くした。

「旦那様には、ほんとうにお世話になったんですよ」

「そうだよう。女房まで世話してくれたんでしょう」

「その話は、もう」

「ああ、そうだったね」

おそねが水で濡らした手拭いで頭を拭いてやり、鬢付け油の蓋を開けた。

「あらいけない。油切らしてたの忘れてたよう」

「あたしのがあるわよ。ちょっと待ってて」

若い女房が言い、家から持って来た。

「これ使ってくださいな」

「すまないね」

蓋を開けて、おそねがくすりと笑った。少しだけ使って、由吉の鬢をなおしてやった。

「なんだか、いい匂いですね」

由吉がいやそうな顔をした。

若い女が好む鬢付け油は、ほのかに花の匂いがする。

「大丈夫。近頃は若い男も使っているんだから。ねぇ旦那」

「そうなのか？」

慎吾は、どれどれと言って匂いをかいだ。

「なぁるほど。こいつは、おれのとこに来る髪結いが付けていたな」

ちょいと女みたいな男だが、と言いかけてやめた。

「ほんとうですか、旦那」

「気にするな。誰も気付きゃしないさ」

「そうそう。はい、終わったよ。あとであたしたちも行くから、しっかりお勤めしなよ」

おそねが両肩をたたくと、礼を言った由吉が、慎吾に頭を下げて部屋に帰った。

「あんなに気が優しい男を置いて出ていくなんて、お美津さんも馬鹿なことするよう」

後ろ姿を見ながらおそねが言ったので、他の女房たちが目を向けた。

「あらおそねさん、惚れちまったのかい」

「馬鹿なことお言いでないよ」

言っておいて、

「あと十年早けりゃ、あたしの亭主にしてやったのに」

などと、まんざらでもなさそうに言うおそねであった。

五

磯屋周三郎の葬式も無事に終わった翌晩、慎吾は奉行所の役目を終えると、一人で深川に渡っていた。

宿直ではないが、下手人がわからない焦りから、近頃は夜も探索をしているのだ。引っ越した店子を調べている五六蔵のほうにも、これといった収穫はない。周三郎を悪く言う者はおらず、誰もが涙を流していたという。

普段から人に慕われていたことも、葬式の様子を見てわかった。

弔問に来た者たちは下手人を恨み、周三郎を偲《しの》んでいた。

慎吾は弔問客の一人ひとりに気を配り、目の奥に嘘を見つけようとしたのだが、怪しい者を見つけることはできなかった。

「おれの目が鈍いのか、それとも相手が一枚上手なのか」

近しい者の仕業と睨んでいる慎吾は、下手人が葬式に顔を出すはずだと見張っていたが、わからなかったのだ。

昼間に降っていた雨はやんでいたが、深川の空には月も星もなく、通りの先に自身番の明かりがぼんやり見えるだけで、夜道は暗かった。

慎吾は大島橋を越えて、静かな店構えの料亭松元の前を通り過ぎると、通りの角を左へ曲がった。

漁師たちの舟が舫《もや》ってある堀川を横目に進み、細い裏道に入ると、家の軒先に人影を見つけて歩み寄る。

気配に気付いて振り向く者に、

「どうだ、伝吉」

声をかけると、

「夕方に帰ったきりで、静かなもんです」

小声で教えた伝吉は、垣根の隙間に目を戻した。

隙間の奥にある家は、明かりが灯っていない。座頭の松の、家なのである。

子分を斬ったのは座頭だが、松じゃないと虎吾郎は言った。だが他に思い当たらぬ慎吾は、白黒をはっきりさせるために、見張りを付けることにしていたのだ。

伝吉が小声で言う。

「今日で丸二日張り付きましたが、真っ当な暮らしをしていますぜ」

「そうか。やはりとっつぁんの言うとおりだな」

浜屋に出入りしている松を気に入っている五六蔵は、白だと言い続けている。

「どうしやすか」

「今夜一晩だけ見張ってみよう。一日疲れただろう、おれが代わるから、帰って休め」

「よろしいので？」

「うむ。これで、帰りに熱い酒を飲んで行け」

酒手を取らせると、喜んだ伝吉は、また後で来ると言ってその場を離れた。

慎吾は軒先の柱によりかかり、松の家を見張った。

ちょうちんの明かりが通りに見えたのは、伝吉が去って間もない時だ。

姿を見られぬよう物陰に隠れた慎吾の前を、ちょうちんをぶら下げた男が通り過ぎ、松の家の庭に入って行く。

慎吾の目には、その横顔が笑みを含んでいるように見えた。

男は濡れ縁から障子を照らし、

「まっつぁん、いるかい」

胴間声で呼びかけた。

ことりと音がして、障子がすーっと開いた。

「どちらさんで？」

「おれだ、牧野屋《まきのや》の文吉《ぶんきち》だ」

「ああ、文吉さん、どうしなすったんで？」

「こんな夜中にすまないが、旦那様を診てくれないかね。持病が出て、苦しんでいるんだよ」

「背中ですかい」

「そうそう」

「わかりやした。今支度しやすんで、お待ちになってくださいい」

「悪いけど、わたしはこれから薬種屋に行かなきゃならないから、先に行っておくれ」

「はいはい」

文吉と名乗った男は約束を取りつけると、ちょうちんを下げて通りへ出ていった。

松が出てきたのは、すぐあとだ。

杖を突き、明かりもない夜道をそろそろと歩み、慎吾の前を通り過ぎて行く。

慎吾は少し間を空けて、後を追った。

ぼんやりとした辻灯籠の明かりの中で、松の影が黒く揺れている。

小道から大通りに出て、蛤町に渡る橋を越えて永代寺門前へ向けて歩んで行く。

もうすぐ木戸が閉まる頃合いとあって、通りに人影はない。

松はふいに立ち止まり、するりと路地に消えた。

慎吾は足を早めて小店の角に行き、路地を覗いた。

暗闇で姿が見えない。

牧野屋の裏木戸は、もう一つ先の路地を入るはず。

「松の奴、道を間違ったな」

独り言《ご》ちて、後を追おうと真っ暗な路地に入った。家の明かりで微かに見える十字路を真っ直ぐ進んだその時、慎吾は背中にぞくりとする殺気を覚えて立ち止まった。

背を返すと、十字路に人が立っている。

明かりらしい明かりがないので、誰だかさっぱりわからぬが、殺気の凄《すさ》まじさに、慎吾は十手ではなく、刀に手をかけた。

それを合図とばかりに、黒い影がすっと前に出た。

「何奴」

慎吾は抜刀して正眼に構えた。

黒い影は止まらず迫る。

抜刀する気配に応じて、慎吾は飛びすさった。その刹那、眼前で刀が空を切る音がしたが、暗闇ゆえ、相手の太刀筋がわからぬ。

慎吾は天真一刀流《てんしんいっとうりゅう》免許皆伝だが、一寸先も見えない闇の中で戦うのは初めてだった。

それでも、五感を研ぎすませて相手の剣気を探り、打ち出される一撃をかわした。すぐさま刀を振るったが、手ごたえはない。

闇に向かって刀を正眼に構え、気を探る。

次はどう出る。

慎吾は、汗が噴き出た。相手が気を殺したのだ。

「くっ」

暗闇に人影は見えぬ。だが、地面を擦る足音がした。

正面から迫り来る気配にようやく気付いたが、打ち出された刀を受けるのが精一杯だった。

鋼と鋼がぶつかり、闇に火花が散る。

巧みに刃を受け流して、相手を打とうとした慎吾であるが、腕に鋭い痛みが走り、咄嗟《とっさ》に飛びすさった。

皮一枚斬られたかと思っていたが、右手に血が流れるのがわかった。

指が微かに痺れている。

斬られる。

慎吾は死を感じた。

ならば、もろとも。

ただでは死なぬと覚悟を決めた時、路地から人の声がして、ちょうちんの明かりが出てきた。

闇にうっすらと差し込んだ明かりに、刺客の影が浮かび上がった。

さっと身を退《ひ》いた刺客が、背を返して走り去った。

「待て！」

慎吾はすぐに追ったが、腹に痛みを覚えて立ち止まった。腕だけと思ったが、腹にも傷を負わされていたのだ。

「痛っつぅ」

腹を押さえ、路地に目を上げたが、暗闇に溶け込んだ刺客の姿はどこにもない。

「くそっ」

慎吾は取り逃がしたことを悔しがり、刀を鞘に納めようと右手に持ち替えたが、腕に激痛が走り、刀をにぎりそこねて落とした。

「おや、誰かいるぞ」

先ほどの者たちが背後に近づき、ちょうちんを照らして声をあげた。

「八丁堀の旦那、どうしなすったんでその血は！」

血で腕と腹を真っ赤に染めて地べたに座る慎吾の姿に、驚いたのである。

「なぁに、たいしたことはねぇよ。すまねぇが、ちと手を貸してくれ」

肩を借りて立ち上がった慎吾であるが、腹の痛みで足に力が入らず、歩くのが困難であった。

「医者に行きましょう」

小袖に股引を穿いた職人風の男が言うのを断り、駕籠を呼んでくれと頼んだ。

「おやすい御用で」

男は表通りに走り、程なく駕籠を連れて戻ってきた。

二人の駕籠かきは、いずれも知った顔だった。

慎吾の姿を見るなり目を見張り、

「やっ、夏木の旦那！」

「どうしたんですそのお怪我《けが》は」

二人は肩から駕籠を落として駆け寄った。

「浩吉《ひろきち》と仙吉《せんきち》か、お前さんたちなら安心だ。すまんが、霊岸島まで頼む」

浩吉が応じる。

「華山先生ですね。がってんだ。仙吉」

「おう！」

慎吾をそっと駕籠に乗せた浩吉と仙吉は、すぐに走りだした。

焦る二人は走りに走り、駕籠が揺れるたびに傷が痛む。腕の血は止まっていたが、右の脇腹は、押さえた手を離せば血が流れた。

慎吾の呻き声を聞いた仙吉が、前にいる相棒に言う。

「浩吉ゆっくりだ！　旦那が苦しんでいなさる」

「旦那、もうすぐですから我慢しておくんなさい！」

焦る浩吉は、揺らさぬよう気を使って走り、華山の診療所に着くと、駕籠を担いだまま中に入った。

「先生！　先生！」

戸口で浩吉が訪《おとな》いを入れると、手燭を持った華山が出てきた。

「先生、てぇへんだ。夏木の旦那が大怪我をしなすった」

浩吉に言われて駕籠の中を照らした華山が、目を見開いた。

「どうしたの！」

「よう、夜更けにすまねぇな」

慎吾は照れたように笑ったが、華山は険しい顔を浩吉に向けた。

「急いで運んでください。そっとよ」

応じた浩吉が仙吉を促した。

慎吾は、二人に担ぎ出されて診療所に入ったところで気が遠くなり、目の前が暗くなった。

額を触られて瞼《まぶた》を開けると、目の前に華山の顔があった。

安堵の息を吐く華山に、慎吾は微笑む。

「閻魔《えんま》様かと思ったぜ」

「馬鹿」

頬を軽くたたかれた慎吾は笑って、顔を歪めた。

「痛む?」

「これぐらい平気だ」

慎吾は障子に顔を向けて、暗さに眉をひそめた。

「おれは気を失っていたのか?」

「そうよ。おかげで手当てがはかどったわ」

「今何時だ」

「動けないんだから、気にしないで寝ていなさい」

「そんなにやられたのか」

「脇腹と右腕をね。幸い急所は外れているから、五日もすれば起きられるわ。気を失ったのは、血をたくさん失ったせいよ。傷の具合が落ち着くまで、ここで泊まってもらうから」

慎吾はゆっくり起き上がろうとしたが、脇腹が痛くてまた顔をしかめた。

「人の話を聞いてないの?」

厳しく言われて、慎吾は起きるのをあきらめた。

「水をくれ」

華山が瓢箪《ひょうたん》に入れた水を口に近づけてくれた。

「ゆっくりね」

喉を潤した慎吾は、息を吐いた。

「生き返った」

「誰に斬られたの？」

華山が厳しい顔で訊くが、慎吾は首を横に振った。

「一寸先も見えない真っ暗闇で襲われたから、わからない」

「そう。でも危なかったわね。人が助けてくれなかったら、今頃どうなっていたかわからないわよ」

確かに、この世にはいなかったであろう。

慎吾が何も言えずにいると、華山は額の汗を拭ってくれた。

「おなかすいた？」

「いや」

「血にならないから、すいてなくても食べなきゃだめよ。今お粥《かゆ》を持って来るわね」

慎吾は立ち去ろうとする華山の手をつかんだ。

「華山……」

顔に動揺の色を浮かべた華山だったが、慎吾の目を見つめた。

「梅干しじゃなくて、卵《たまご》粥がいい」

華山は目を泳がせて、

「もう、わがままな怪我人だこと」

笑って台所に行った。

第四章　一筋の光明

一

「旦那、旦那あ！」

叫びながら廊下を走ってきた五六蔵が、布団で座って卵粥《たまごがゆ》を食べている慎吾を見るなり目を丸くした。

まるで幽霊でも見るような顔の五六蔵に、慎吾は微笑《ほほえ》んで言う。

「とっつぁん。ちゃんと足はついてるぜ」

「あぁ」

よかったと言ってその場にへたり込む五六蔵は、こう言った。

「旦那がばっさり斬られて、大変なことになったと聞いたものですから、手前はもう……」

慎吾はまた微笑んだ。

「そいつは心配をかけたな」

庭に来た子分たちが、元気そうな慎吾を見て安心すると、地べたに尻餅をついた。

伝吉が息を切らせて言う。

「親分たら、普段は走っても牛のように遅いのに、今日は韋駄天《いだてん》ですもの。ああしんどい」

「やい伝吉、てめぇ大嘘《おおうそ》こきやがったな」

五六蔵が怒ると、伝吉は慌てた。

「だって親分、知らせてくれた二人がそう言ったんですもの」

伝吉は慎吾の言葉に甘えて酒を飲んでいたのだが、やはり気になって、松の家を見張っている慎吾のところへ戻っていた。すると、二人の男が声をかけてきて、慎吾が運ばれたのを教えてくれたらしい。

斬られそうになっていたところを救った職人風の男たちは、血だらけの慎吾を見て、とても助からないと思い込んだに違いない。

五六蔵は、慎吾のそばに座る華山に不安げな顔を向けた。

「先生、旦那の傷はどうなんです？」

華山は目を伏せ気味にして、

「ご覧のとおりよ。横になっていろと言っても、聞かないんだから」

少々不機嫌に言う。

「こんなものは、唾をつけておきゃ治るさ」

慎吾が痛みを堪《こら》えて強がると、華山がため息をついた。

「ほんとに馬鹿なんだから」

五六蔵が廊下から上がって膝を滑らせ、慎吾のそばに寄った。

「旦那、誰に斬られたんで」

「うむ。それがな、とっつぁん」

「へい」

慎吾は、脇腹を押さえて顔をしかめた。

「さっきも華山に言ったんだが、真っ暗い中でいきなり斬りかかられてこのざまだ。

悔しいが、相手の顔が見えなかった」

「そんなに暗い中で？」

「うむ」

「虎吾郎の子分の時と同じで、襲ったのは座頭ってことですかい」

「顔は見えなかったが、人影は確かに、座頭の身なりのように思えたな」

「松をしょっ引きやしょう」

「待て待て、そう早まるな。松と決まったわけじゃない」

五六蔵は納得しない。

「でも旦那、松の家を見張っていたところを襲われたのですぜ。野郎に決まってますよ」

「確かに、出かける松のあとを追っていた時のことだが、どうもな……」

「お気持ちはわかりやす。手前も松を疑いたくはありませんがね、旦那がこんな目に遭わされたんじゃ話は別だ。旦那に顔を見られたと思っていたら、下手人が逃げちまう恐れがあります。すぐにしょっ引くべきです」

だが慎吾は、許さなかった。

「今は手を出さず、松を見張ってくれ。逃げるそぶりを見せたら、その時に捕らえればいい」

五六蔵は下を向いた。

「旦那がそうおっしゃるなら、従います」

「頼む。それと、長屋の連中にも目を光らせてくれ」

「引っ越す者がいたら、しょっ引きゃいいんですね」

先回りして言う五六蔵に、慎吾はうなずいた。

「旦那は、長屋の中に下手人がいるとお疑いで？」

「考えたくはないが、どうもおれには、下手人が松とは思えなくてな」

「承知しやした。両方に目を光らせやしょう」

「頼んだぜ。華山、すまないが、おれの財布を取ってくれ」

「はい」

財布を受け取った慎吾は、一両小判を五六蔵に差し出した。

「旦那、無理しねぇでください」

付届けを受け取らぬ慎吾の懐具合を心配した五六蔵は、小判を押し返そうとした。

「いいから使ってくれ。こいつは日本橋《にほんばし》の大店《おおだな》が奉行所に届けたのを分けてもらったものだ。御奉行からの志と受けてくれ」

「そういうことでしたら、ありがたく」

五六蔵は押しいただくようにして、小判を懐に滑り込ませた。

「夜が明ける前に見張りをはじめやす」

「くれぐれも気をつけてくれよ」

「承知しやした」

「旦那、早くよくなっておくんなさいね」

「伝吉、泣く奴があるか。自分のせいだと思うんじゃないぞ」

「へい」

「ほら、行くぞ」

五六蔵が伝吉の背中を押し、慎吾に頭を下げて去った。

額に脂汗を浮かべた慎吾は、大きな息を吐いた。

「痛むのね」

手拭いで拭いてくれた華山が、そっと手を当てた。

「熱があるわ。薬を飲んで、少し眠ったほうがいいわ」

応じて粉薬《こぐすり》を飲むと、華山の助けを借りて横になった。

「いつ頃から、刀を持てるようになる」

「傷の治り具合によるけど、一月は無理だと思う」

「そんなにゆっくりしちゃいられない。何とかしてくれよ」

「だったら、大人しく寝ていなさい。今動けば傷が広がるわよ」

「わかった」

慎吾は天井を見つめていたが、目を閉じた。

華山が夜着をかけてくれ、手を頬に当てた。温かさが心地良くて、慎吾は目を開ける気にならなかった。

「すまない」

「いいから眠りなさい」

「うむ」

慎吾は手の温《ぬく》もりを感じながら、深い眠りに落ちていった。

二

慎吾が斬られたことは、朝になる前には北町奉行所にも伝えられた。

榊原忠之の耳に届いたのはさらに遅く、江戸城から戻った昼過ぎのことであった。

報告に来た与力の松島を前に、忠之はこころがゆれ動くのをなんとか抑えて、冷静に告げる。

「なぜ早く知らせぬ」

松島は頭を下げた。

「お許しください。傷の具合を確かめてから、ご報告したほうがよろしいと思いましたもので」

「して、どうなのだ」

「医者が申しますには、右腕と脇腹に傷を負っておりますが、いずれも大事にいたらぬそうです。本人も、起きられるようになれば役目に戻ると申しておりました」

「どこの医者で世話になっておる」

「霊岸島の、国元華山です」

「さようか。あの者なら確かだな」

忠之は顔には出さぬが、ほっと胸をなで下ろした。そして問う。

「斬った者はわかっておるのか」

「例の、磯屋のあるじ殺しに関わる者の仕業と思われます」

「そのほうの考えを聞かせよ」

松島は神妙に応じる。

「同心を斬られたのは、我ら町方の一大事。何はさておき、この一件に総力を挙げてかかる所存。怪しい者は奉行所へ直《じか》に引っ張り、とことん調べます」

「うむ。じゃが焦ってはならぬ。確たる証《あか》しを突き止めるのを怠るでないぞ」

「はは」

「ゆけ」

松島は頭を下げて辞し、同心の詰め所に向かった。

座して背中を見送った忠之は、安堵《あんど》の息を吐いた。

「慎吾の奴め、親に心配をさせよって」

詰め所では、筆頭同心の田所をはじめ、待ちわびていた慎吾の仲間たちが、戻った松島にどうだったかと言って集まった。その者たちを見回した松島は、厳しい顔で告げる。

「御奉行の許しが出た。今朝打ち合わせたとおりに動け。ただし、下手人は夏木を倒すほどの遣い手。決して先走ってはならぬぞ」

「はは！」

「まずは、座頭の松を調べる」

そう命じた松島に、田所が申し出た。

「座頭については、それがしに良い考えがございます」

「どのような策だ」

「少々腰が痛みますので、座頭に揉《も》んでもらおうかと思います。そのうえで、剣を遣う者か否かを確かめます」

「なるほど。剣の遣い手を探し出すのは近道だな。皆も、己が当たる座頭が剣の遣い手であるかを見極めよ。疑わしき者は奉行所に連れてまいれ。厳しく調べる」

「はは」

一同が結束し、深川へ向かった。

田所は、中間《ちゆうげん》の竹吉《たけきち》に命じて松を呼びに走らせ、一人悠々と茶を飲み終えると、背筋をやけにぴんと伸ばした姿勢で歩み、八丁堀の役宅に帰った。

家に帰るなり、まだ昼過ぎだというのに布団を敷けと言う田所に、妻の澄江《すみえ》は何を勘違いしたか、顔をぽっと赤らめて恥ずかしがる。

下女に命じて八歳の倅《せがれ》万ノ丞《まんじよう》を連れ出させようとするのに呆《あき》れた田所が、

「馬鹿、何を思い違いしておる。これから按摩が来るゆえ、布団を敷けと申したのだ」

楽しみは夜にとっておけと、にやけた。

「あら、まあ、そうでございましたか。いやだ」

顔をますます真っ赤にした女房の尻をぽんとたたいた田所は、黒染めの羽織を脱いだ。

竹吉が戻ったのは、日が西にかたむきはじめた七つ時（午後四時頃）だ。

従っていた松は、庭から濡《ぬ》れ縁《えん》に上がると、

「今日はどうも、呼んでいただいて、ありがとやんす」

へこへこと頭を下げて、お初の客にあいさつをした。

「遠いところすまんな」

「いえ、とんでもないことでございます」

「知り合いから腕がいいと聞いたものだからな、どうしても頼みたかったのだ」

「さようでございましたか。それで、旦那様はどこがお悪いので」

「腰だ。仕事で重い物を運ぶからよ。どうも調子が悪くていけねぇや」

竹吉に命じて、奉行所の同心だということは内緒にしている。それゆえ、田所が横になる部屋には刀もなければ、十手も置いていない。

畳に手をついてにじり寄った松が、田所の身体に触れた。

「ああ、だいぶん張っていなさるね。ここが特に」

肘をぐいと入れられて、田所が呻《うめ》いてのけ反った。

顔をしかめ、見る間に脂汗を浮かせている。

「ほうほう、これは、これは」

などと、松は楽しげである。

半刻《はんとき》（約一時間）ほどたっぷり痛めつけられた田所は、松が、ようござんすよ、と手を離した時には、ぐったりしていた。

起き上がってみろと言われて、恐る恐る仰向《あおむ》けになった田所は、

「おっ」

腰の軽さに驚いた。

これまで難儀して身を起こしていたのが、腹の力だけでひょいと起こせたのだ。

「や、これは凄《すご》い。まったく痛みがなくなった」

「旦那の場合は、筋がちょいと凝っていただけでやんすからね。前に、ぎっくりをやりなすったのでは」

「そのとおりよ。あれ以来腰が痛くて、気が塞いでいたのだ」

「あと二度ほど揉ましていただけりゃ、すっかりよくなりやすよ」

「そいつは嬉《うれ》しいね。助かったぜ。お代はいくらだ」

「へい、百二十文ほど頂戴しやす」

「なんだ、欲がねえな」

「あっしには、十分で」

「そうかい」

田所は布団の下に忍ばせていた財布から銭を出し、じゃらじゃらと音を鳴らした。

「小銭しかねぇんだが、いいかい」

「へい、へい」

「それじゃぁ数えるから、両手で受けておくれよ」

「ははぁ」

松が言われたとおり両手を差し出した。

ひい、ふう、みい、と数えて銭を入れながら、田所は松の手を探った。

剣の達人ともなれば、左手の小指の付け根あたりに硬いたこがあるはずだが、松の手にはなかった。

眉間に皺《しわ》を寄せた田所は、数えるのが面倒になり、

「ああ、めんどくせえ。こいつを取っておきな」

一朱金をにぎらせた。

松が驚いた。

「旦那、こいつは少々多ござんす」

「遠くまで来てくれたんだ。いいってことよ。そのかわり、また頼むぜ」

「はい、そりゃもう」

「竹吉、送ってやりな」

「承知しました」

「では旦那、ありがとうございやす」

「礼を言うのはこっちのほうだ。おかげで、女房殿を喜ばせてやれる」

田所が小声で言うと、松は笑って金を懐に納め、大喜びで帰っていった。

あてが外れた田所は、

「こいつは、長引きそうだな」

そうこぼして、腕組みをして考えていると、庭に入る者がいたので顔を向けた。

若い男に見覚えがある。

「おぬしは確か」

「五六蔵親分のところの、伝吉と申しやす」

「そうだったな。何か用か」

「慎吾の旦那に言われて松を見張っていたんです。そしたら、こちらに来たもんですから」

「そうか」

「直々《じきじき》に、お調べなさったので」

「まあ、按摩をしてもらうついでにな」

「あの野郎のことを、どう思われやしたか」

「慎吾を斬ったのは、あの者ではない」

伝吉は、安堵した顔をした。

「さようで。親分のお気に入りですから、ようございやした」

「五六蔵は何をしておる」

「長屋の連中を探っておりやす」

「今頃は、藤村たちが行っているはずだ。供をせい」

「がってんだ」

支度をした田所は、伝吉と共に深川へ渡った。

三

田所が蛸壺長屋に着いてみると、ちょっとした騒動が起きていた。

自ら出張っていた与力の松島が、藤村たちに命じて片っ端から部屋を調べさせていたのだが、突然来たうえに、有無を言わさず部屋の中をひっくり返された住人が怒り、揉めごとになっていたのだ。

「あたしらが何をしたっていうのさ！」

「そうだよ！　こんなにちらかして、どうしてくれるんだい！」

威勢のいい漁師の女房たちが、相手が町方の与力だろうが怖《おそ》れず抗議している。

「まずいな」

このままだと大騒動になると危惧《きぐ》した田所は、まあまあ、と両者のあいだに割って入った。

松島の袖を引っ張り、

「慎吾のことは、言ったんですか」

小声で訊くと、松島は、青ざめた顔を横に振った。

こうなっては仕方がない。

田所は、詰め寄る女房たちに向き、大声を張り上げた。

「夏木を斬った者を探すためだ。悪く思わないでくれ」

すると、女房たちが絶句して顔を見合わせた。

一人が田所につかみかかり、

「慎吾の旦那が斬られたって、どういうことだい！」

いいかげんなこと言うと承知しないと言いつつ、唇を震わせている。

「苦しい、その手を放してくれ」

やっと離れた女房に、田所は襟を正しながら問う。

「お前の名は」

「そねです」

「よいかおそね。夏木はな、磯屋のあるじを殺《あや》めた下手人を探っていた時に、闇討ちされたのだ」

「闇討ちだなんて物騒な。慎吾の旦那は無事なんでしょうね」

「案ずるな、怪我《けが》は軽い」

田所の言葉に、おそねは胸を押さえた。

「よかった。心の臓が止まるかと思いましたよ」

その場にいた長屋の連中も安堵し、落ち着いたところで、田所は松島を促した。

前に出た松島が胸を張る。

「御奉行の命により、磯屋に関わりがある者全員を調べる。邪魔だていたす者は下手人とみなすゆえ、さよう心得よ」

厳しく伝えると、長屋の連中は素直に引き下がった。

「それ、かかれい」

松島が改めて命じ、同心六名、捕り手十名が一斉に動き、部屋に刀と座頭の着物が隠されていないか、隅々まで調べ上げた。

田所は長屋の連中を集めて並ばせ、男女問わず、手を調べて回った。

誰の手も、仕事をする者の手をしており、男の手の平は厚い皮に覆われ、女房たちの手は、日々の水仕事で皮が薄くなり、指先などは、痛々しくひび割れていた。

「皆、真面目に働いておるな。感心感心」

田所が褒めると、男たちは鼻を高くし、女房たちは、

「なんだい、偉そうに」

聞こえぬように文句を言った。

調べが終わり、長屋にはそれらしき物が見つからなかった。

住人たちは、ここに人殺しがいるもんかと声をあげ、機嫌を悪くした。

そこへ、大家の由吉が戻ってきて、

「何か、ございましたか」

呑気《のんき》に言い、火に油を注いだ。

「いっつもこうだよ、あんたは」

おそねが、町奉行所のお調べが入ったことと、慎吾が斬られたことを教えた。

驚いた由吉は、陣笠《じんがさ》に羽織袴《はかま》姿の松島に、腰を低くして歩み寄った。

「お役人様、長屋に住む者の中に、下手人がいるとお疑いでございますか」

「いかにも。たった今、疑いは晴れたがな」

「さようで」

「あとは、おぬしの家を残すのみだ。刀など隠してはおるまいな」

「そのような物、持っておりませぬ」

「一応調べるが、よいか」

「お疑いでしたら、どうぞ存分にお調べを」

「うむ。藤村、抜かりなく調べよ」

「はは」

応じた藤村が、四人を従えて由吉の部屋に入った。

田所が言う。

「由吉と申したな。手を見せてくれ」

「はい」

由吉は両手を広げて見せた。左右どちらの手にも、指の付け根に硬いたこがある。

田所は松島と顔を見合わせ、由吉に厳しい目を向けた。

「おぬし、刀を振るっておるな」

「いえ、しておりませぬ」

「惚《とぼ》けるでない。手のたこが、何よりの証しだ」

「ご、ご冗談を。これは、薪《まき》割りで斧《おの》を振るってできたものです」

「大家のおぬしが、たこができるほど薪を割ることはあるまい」

「薪割りは、わたしの仕事でございますから」

眉尻を下げて訴える由吉をどかせて、おそねが言う。

「お役人様、この人は嘘なんか言ってませんよ。あたしらが使う薪を、毎日毎日文句も言わずに作ってくださるんですよ。頼りない人だけど、これだけは役に立っているんです」

長屋の連中が笑った。

由吉は怒るでもなく、照れたように笑っている。

調べを終えて出てきた藤村が、由吉に声をかけた。

「おめえのところは、ずいぶん殺風景な部屋だな」

「はい。物を持たないようにしていますから」

「そうか」

「藤村、どうだった」

松島に訊《き》かれて、藤村が顔を向けた。

「天井裏から床下まで調べましたが、怪しい物はありません。ただ、由吉は物を持たぬと言いましたが、あまりにも少なく、いつでも身一つで、ここを出ていかれるようにしているように思えました」

「何ぶんにも、独り者でございますから」

由吉が苦笑いを浮かべるのに対し、藤村が厳しい顔を向ける。

「では、簞笥《たんす》にしまってある女物の着物は誰のだ」

「へえ、逃げた女房ので」

「ほぉう。お前を捨てた女房を憎まず大事にしているのか」

「馬鹿な野郎とお笑いください。いつ帰ってきてもいいようにしています」

「笑えるかよ」

藤村が、哀れみを含んだ面持ちでそう言った。

なんの手がかりも得られず、松島たちは蛸壺長屋をあとにした。

長屋の外で、頭を下げて見送る岡《おか》っ引《ぴ》きに目を留めた松島が、足を止めた。

「お前は五六蔵だな」

「へい」

「夏木をまじえて話を聞きたい。共にまいれ」

「その前に旦那」

「なんだ」

「お伝えしたいことがございやす」

「歩きながら聞こう」

「へい」

「慎吾のところに行くなら、それがしもお供します」

田所の申し出に、松島はうなずく。

「よかろう。他の者は、先に戻っておれ」

五六蔵は伝吉を手招きして、小声で告げる。

「おめえたちは、長屋を見張れ」

「がってんだ」

子分たちを残した五六蔵は、慎吾のところに急ぐ松島を追った。

四

慎吾は、おかえがこしらえためばるの煮付けをおかずに、夕餉《ゆうげ》をすませた。

「ごちそうさん。旨《うま》かった」

「よく食べたわね」

華山が、おかえが喜ぶと言いながら、茶を淹《い》れてくれた。

「昨日はどうなるかと思ったが、一日でずいぶん楽になった。憚《はばか》りくらいなら、行けそうな気がする」

「行きたいの」

「歩いたらだめか」

「痛みが少ないなら動いたほうがいいけど」

「ちょいと手を貸してくれ。歩いてみる」

「糸を抜くまでは、無理しないでちょうだいよ」

「なぁに、大丈夫だ」

慎吾は華山の肩に手を回した。

「いい？」

「おう」

「いくわよ。ひの、ふの、みぃ」

よいしょと立ち上がり、そろりと右足を出してみた。

痛みで踏ん張りはきかぬが、華山に寄りかかれば、歩けないことはない。

用を足して戻り、布団に横になると、さすがに汗が出た。

華山が汗を拭いてくれながら言う。

「鍛えているだけあって、他の人とは身体《からだ》が違うようね」

「おれがこうしているあいだにも、下手人がのうのうと暮らしていやがると思ったら、力も出るさ」

「治ったら、剣で挑むつもりなの」

真顔で問う華山に、慎吾は微笑みかけた。

「どうしてそのようなことを訊く」

「顔に書いてあるもの」

「顔に？」

「そう」

華山が顔を近づけ、慎吾の目を見てきた。大きな黒目に見つめられて、慎吾はどきりとした。

「な、なんだ」

「明るく振舞っても、目はいつもの八丁堀じゃないわ。昨日からずっと、剣術のことばかり考えている。そうでしょ」

答えられずにいると、華山は目を伏せて離れた。

「一つ訊くけど、八丁堀の剣術は、同心として下手人を捕まえるため？　それとも、剣士として強い相手に勝つため？」

「なんだよ急に」

「いいから答えて」

「おれは同心だ。下手人を捕まえるために決まってるだろう。あの化け物をどうやって捕まえるか、考えているのさ」

本心は、剣士としてもう一度剣をまじえたいと思っているが、華山に見透かされそうな気がして庭に顔を向けた。今日咲いたばかりの紅《あか》い牡丹《ぼたん》が、そよと吹く夕方の風に重そうにたわんでいる。

華山は何も言わず、慎吾の横顔を見つめていたが、晒《さらし》を替えると言って手を差し伸べた。

腹の晒を解き、膿止《うみど》めの薬を塗った布をそっと傷口に当て、

「痛い？」

優しく訊いてくる。

ちりりと痛むが、慎吾はなんともないと応じて、晒を巻きなおしてくれる華山のうなじを見ていた。

櫛《くし》を挿しただけの結い髪は、柔らかな花の香りがする。どこかで嗅いだことがあると思い、鼻を近づけた。

「何？」

「いい匂いだ」

すると、手を止めた華山が、流し目を向けてきた。

「どこで嗅いだのかしら」

「うむ？」

「この鬢付《びんつ》け油はね、芸者のお姐《ねえ》さま方のあいだで流行《はや》っているのよ」

慎吾は目をしばたたいた。

「おれはただ、いい匂いだと言っただけだろうが」

「ほんとかしら」

「華山こそ、なんで芸者が使うような油を付けてるんだよ」

「あたしには、いろんな薬の匂いが付くから」

「あら、そうでしたっけ、先生」

襖《ふすま》の陰からおかえが顔を覗《のぞ》かせ、今日初めて使ったことをばらして、慎吾に意味ありげな笑みを向けた。

「な、何を言っているのよおかえちゃん。前から使っていました」

華山があたふたとして、晒を巻く手に力を込めるものだから、慎吾が悲鳴をあげた。

「あ、ごめん」

慌ててゆるめる華山が、首筋を桜色に染めている。

「もう、おかえちゃんが変なこと言うから。何か用なの」

華山に言われて、くすりと笑ったおかえが来客を告げた。

告げた時には、庭に人影があり、

「美人に囲まれて楽しそうだな、慎吾」

にやけた田所が廊下に歩み寄った。松島もいる。

「あ、これはこれは」

慎吾は、松島と田所が見舞いに来たのだと思い、申しわけなく頭を下げた。

「いいから楽にしろ」

松島に言われて顔を上げた慎吾は、二人の後ろに五六蔵が控えているのを見つけ、磯屋のことでまた何かあったのかと思った。

松島と田所が気さくに庭から廊下に上がると、布団から出ようとする慎吾を止めて、横に座った。

晒を巻き終えた華山が、おかえを促して下がるのを目で追った田所が、慎吾に向いて言う。

「相変わらず、美人だな」

すると松島が、尻を浮かせた。

「おい、そういう仲なのか」

娘の和音《かずね》と添わせることを考えている松島にとっては、慎吾の恋話は由々しきことだ。

何を言っているのかすぐに理解できずにいる慎吾に、松島は苛立《いらだ》ったように問う。

「どうなのだ」

「何がです？」

「だから、華山と男女の仲なのかと訊いておるのだ」

慎吾は慌てて、顔の前で手をひらひらとやった。

「どうしてそうなるのですか」

「田所が、含んだ言い方をしたであろう」

すると田所が驚いた。

「わたしがいつ？」

「いや、違うならよい」

話を切って下を向く松島に、田所と慎吾は顔を見合わせ、二人で首をかしげた。

五六蔵は、何も聞いていないとばかりに、こちらに背中を向けて控えている。空咳《からせき》をした松島が、田所を促す。

応じた田所が、改まって慎吾にこう告げた。

「ここに来る前に、蛸壺長屋の連中と座頭の松の手を調べた」

慎吾は真顔で応じた。

「詳しく教えてください」

「うむ。相手は、お前さんに傷を負わせるほどの遣い手だ。当然、手には剣だこがあるはず。そこで、松に按摩を頼んで、代金を渡す時に手を見たんだが、これが綺《き》麗《れい》な手をしてやがった。長屋の連中もそうだ。唯一それらしいのがあったのは、大家の由吉だ。奉行所にしょっ引いて厳しく調べようと思ったが、女房たちが、薪割りによるものだと言い張ってきかぬ。それに、由吉には磯屋を殺める理由がない」

慎吾はうなずいた。

「由吉ではないと思います。周三郎とは、仲が良かったようですからね」

田所が首を振った。

「おれが言いたいのは仲の良し悪《あ》しではないのだ」

「と言いますと？」

「おれも初めは、由吉は長屋を売られたら仕事を失う。このことが、磯屋を殺す動機に繋《つな》がると思っていたのだが、五六蔵が申すには、長屋を売られても、由吉は次の職が決まっていたようだ」

「どういうことです」

「ここからは手前が」

五六蔵が、廊下に上がって座りなおした。

「今日の昼に出かけた由吉のあとを追っていましたところ、北森下町《きたもりしたちょう》で新しく建てられている長屋の普請場に行きましてね。地主と何やら話し込んでいたものですから、蛸壺長屋を捨てる気じゃないかと思って見ていたんですが……」

「あの野郎、みんなを置いて早々と去るつもりか」

慎吾が先回りをして言うと、五六蔵が首を振った。

「それが違うんでさ、旦那」

「うむ？」

「地主に由吉を雇うよう頼んだのは、周三郎だったんです」

「なんだと？」

「まだありやす。由吉だけじゃなく、蛸壺長屋の連中ごとそっくり受け入れてくれるよう、話を付けていたそうなんですよ。内密で」

慎吾は松島と田所を見た。二人が渋い顔でうなずくので、慎吾は五六蔵に顔を向けた。

「つまり何か、周三郎は女房や店の者に内緒で売り払うかわりに、長屋の連中のことはちゃんと決めていたのか」

「へい」

「由吉はそのことを？」

「知っていたようです」

「周三郎はやっぱり、由吉にだけは言っていたのか」

「いえ、由吉に言ったのは、北森下町の長屋の地主です。由吉の気持ちを確かめるために、周三郎には内緒でこっそり訪ねて、新しい長屋の大家になる気があるかどうか、はっきりさせたようです」

田所が口を挟んだ。

「まあ、大家が務まる人間はそうそうおらぬからな。雇う側としては、前もってはっきりさせておきたかったのだろう。その気持ちはわかる。つまり、由吉が磯屋を殺める動機はないということだ」

「慎吾、これを聞いてどう思う」

松島に訊かれた慎吾は、首をかしげた。

「周三郎の件は長屋の売買にからんだ殺しに違いないのですが、今の話を聞いて余計に、下手人の影が見えなくなりました。唯一の手がかりは座頭か、あるいは、座頭の真似《まね》をした者。これだけです」

「座頭については、皆で手分けをして当たらせているが、雲をつかむような話だ。あと近しい者で残っているのは、磯屋の連中だ。周三郎の勝手な振る舞いを知った女房が、人を雇ったとも考えられる」

松島はそう言うが、慎吾はどうも、しっくりこない。

気丈に振舞うおやすの態度が、周三郎を殺めていないと語っているように思えたからだ。もしも亭主を殺めていれば、疑いの目をそらすために、涙の一つもこぼすはずである。

では、誰が下手人なのか。

慎吾は黙って考えた。

「案外、下手人は近い人間だろうがな」

田所が沈黙を破った。

「長年の勘というやつで、なんの頼りにもならぬが、そう思えてならぬ」

松島が問う。

「慎吾は、女将が長屋を守るために刺客を雇ったとは思っていないのか」

慎吾は首をかしげた。

「どうも、そうは思えないのです」

「手前が女将に、もういっぺん話を聞いてみましょうか」

申し出た五六蔵に松島が答える。

「いや、わしが訊こう。おやすが下手人でないなら、亭主が殺されて動転し、いろいろなことを失念していたかもしれぬ。もしも罪を犯しているなら、奉行所での調べに尻尾《しっぽ》を出すであろう」

松島は、怪しいと見れば容赦なく、厳しい取調べをする腹積もりなのだ。

自身番と大番屋を飛び越して、いきなり奉行所に出頭させられるのは、普通ではあり得ぬ。

慎吾は、同心である自分が斬られたことで、皆が焦っているのではないかと思った。

下手人は狡猾《こうかつ》だ。奉行所が荒い探索をすれば、闇の奥深くに潜り込み、二度と姿を見せぬかもしれぬ。だが、不覚にも怪我を負わされて寝ている慎吾には、上役である松島を止めることができなかった。

五

おやすが北町奉行所に出頭したのは、七日後のことだ。

すぐに出頭を命じなかったのは、松島なりに、磯屋のことを調べていたからである。

この日は、朝から強い風が吹き、江戸の町は砂埃《すなぼこり》によって霞《かす》んでいた。

奉行所には慎吾も来ていた。華山の許しを得て、駕籠《かご》に乗って来たのだ。

作彦の助けを借りて駕籠から降りた慎吾は、その足で詮議の場に出た。

白洲《しらす》に座るおやすには、名主の邦右衛門が付き添っていた。大勢の店子《たなこ》を持つ家主が殺しの詮議を受けるとあっては、名主が出ぬわけにはいかないのだ。

「ではこれより、磯屋周三郎殺しの件についての詮議をはじめる」

座敷の中央に座る与力の松島が声を発すると、おやすと邦右衛門が頭を下げ、ゆっくりと上げた。

本来なら吟味方与力の堀本がするべきだが、今日は聴き手として脇に控え、松島にまかせている。

松島が、顔を見据えて口を開く。

「やす、そなたを呼び出したはほかでもない。亭主の周三郎のことで、訊きたいことがあるからだ」

おやすは神妙な面持ちで、僅《わず》かにうなずいた。

背筋を伸ばし、目を伏せ気味にしたおやすの凜《りん》とした姿は、一点の曇りもない、堂々としたこころの表れだ。慎吾の目にはそう見えた。

松島にはどう見えているのか、淡々と仕事をこなす口調で、おやすに質問をした。

「周三郎についてのことは、ここにおる夏木がいろいろ訊いたと思うが、今一度話してくれ」

「はい」

「周三郎は、何ゆえ殺されたと思う」

おやすはすぐには答えなかった。考えをめぐらせる表情をしていたが、目を松島に向けて言う。

「長屋の土地のことで、やくざと揉めたからではないでしょうか」

「まことに、そう思うか」

「ほかには、思い当たりません」

「女はどうだ」

おやすは意外そうな顔をした。

「妾《めかけ》がいる様子はありませんでしたが」

「そうであろうか。興味があるのは鯉《こい》と囲碁で、博打《ばくち》をするでもなかった周三郎が、女房に黙って長屋を売ってまで大金を作ろうとしたのは、どこぞの女狐《めぎつね》にでも騙《だま》されたから、とは思わぬか」

おやすは、そうかもしれぬと思ったのか、不安げに目を泳がせた。

「これを聞いても、思い当たらぬか」

松島に言われて、おやすはうつむいて一点を見つめた。そして、首を横に振った。

「夫にそのような甲斐性《かいしょ》があるとは思えません」

仲むつまじき夫婦であったのだろう。絶対にないと、自分に聞かせるような言い方だ。

「まことに、そう思うか」

「はい」

あるはずがない。という強い気持ちを込めた目を松島に向けた。

「今一度訊く。そなたは、周三郎が長屋を売ろうとしていたことを、まことに知らなかったのだな」

「はい。夫は、わたくしだけではなく、皆にも、長屋は売らないと申していましたから」

「それは妙だな。こちらの調べでは、福満屋へ長屋を売る話を出したのは、周三郎のほうだ。やくざに地上げをさせたのも、妻であるそなたに咎《とが》められぬようにするための芝居だった、との証言があるが」

「嘘です。あの人がそのようなことをするはずがありません。福満屋さんが、嘘を言っているのです」

必死に訴えるおやすに、松島は真顔で問う。

「まことにそう思うか。そなたは、周三郎の勝手な振る舞いを知っていて、見て見ぬふりをしていたのではないのか」

「わたくしが、どうしてそのようなことをする必要があるのです」

「怖れながら、松島様」

付添い人の邦右衛門が口を挟んだ。

「なんだ」

「はい……」

邦右衛門が躊躇《ちゆうちよ》した。

松島が厳しい目を向ける。

「意見あらば遠慮なく申せ」

邦右衛門がおやすを見て、松島に問う。

「御奉行所は、周三郎さんを殺めたのが、おやすさんだと疑っておられますか。手前には、そのように聞こえます」

「いかにもそうだ」

松島がはっきり告げると、おやすと邦右衛門が目を丸くした。

「ただし、決めてかかってはおらぬ。あくまで、疑いをかけている者の一人にすぎぬと思うてくれ」

邦右衛門が問う。

「他には、どなたをお疑いですか」

「おぬしがいかに名主でも、探索の最中ゆえ申せぬ」

「出過ぎたことを申しました。お許しください」

頭を下げた邦右衛門に、松島が探る面持ちで言う。

「おぬしは、周三郎に恨みをいだく者に心当たりはないか」

「周三郎さんは、町のために良く働いておりました。婿養子という立場のせいか、町の衆の集まりでも遠慮がちで、年下の家主連中にも腰を低くして威張ったりしない人でしたから、人様から恨みを買うどころか、誰からも慕われておりました。それが、あんなことになろうとは……」

邦右衛門が声を詰まらせ、口に手を当てて涙ぐむ。

その横にいるおやすの目が見る間に赤くなり、唇を引き締めた。

泣くまいと決めているのか、こぼれた涙を慌てて拭う姿を見た慎吾は、気の毒に思った。

眉間に皺を寄せて見ていた松島は、おやすが落ち着きを取り戻すのを待って詮議を続けた。

「やす」

「はい」

「磯屋は代々、海産物問屋を営んでおるそうだが、武家との関わりはあるのか」

「今はございませんが、先代の時に、伊予宇和島《うわじま》藩の海産物を多少扱っておりました」

「藩の御用商人であったのか」

「いいえ、正式ではなく、ほんのおこぼれを頂戴するほどの、小さな商いでございます」

「何ゆえ出入りをやめたのだ」

「先代は、いずれは正式な御用を賜るつもりでいたようですが、周三郎は気が弱く、あまりに頼りないものでございましたから、大名家を相手に粗相があっては店の存亡に関わると案じ、代替わりを機に出入りをやめさせていただいたのです」

「大名家が、商人側の申し出をよう認めたな」

「国許《くにもと》には、手広く商いをされているお方が大勢おられますから。江戸の小商人が一人抜けることなど、なんでもないことかと」

「さようか。で、今は、藩の者とは関わりがないのだな」

「はい」

「まことか」

松島のしつこさに、おやすは不思議そうな顔をした。

「と、おっしゃいますと」

「地上げをした日高一家の子分を斬った者は、かなりの遣い手ゆえ、重ねて問うたまでだ」

「わたくしが、藩のお方に頼んで、夫とやくざ者を殺めさせたとお考えですか」

白洲から松島を見上げるおやすの目には、明らかに怒りが込められていた。

「まあ、そう先回りいたすな」

松島がなだめる手つきをして言い、さらに訊いた。

「そなたが知らぬところで、周三郎と宇和島藩に関わりがあったというのは、考えられぬか」

意外なことだと言わんばかりに、おやすは目を泳がせた。

「夫は確かに、父の供をして幾度か藩邸に行ったことがありました。ですが、出入りをやめてからは疎遠になっておりましたから、藩のお方とお付き合いはなかったはずです。松島様、夫を殺めたのは、土地を手に入れようとする者たちに違いありませんから、どうか、一日も早く捕まえてください」

頭を下げて懇願するおやすに、松島はため息をついた。

「むろん、証しがあれば捕まえる。ご苦労であった。今日のところはこれにて詮議を終わるが、何か思い出した時は、すぐ奉行所へ知らせるように」

松島はそう締めくくり、おやすに対するお調べが終わった。

慎吾が、おやすと邦右衛門が帰っていく姿を見送っていると、松島が声をかけてきた。

「慎吾、どう思うた」

「わたしには、おやすが嘘を言っているようには見えませんでした」

素直な気持ちを告げると、松島は腕組みをした。

「確かに、涙を堪える仕草が芝居なら、相当な役者だ」

「松島さんは、磯屋が武家と関わりがあったことをご存じだったのですか」

「いいや。大店ゆえ、どこぞの武家と関わりがあるだろうと思い問うたまでだ。まさか、大名家とは思わなかったが」

「女将は商売から離れていたのですから、深いところまでは知らないだけかもしれません。先代と周三郎が、宇和島藩とどのような付き合いだったのか知りたいですね」

「おい慎吾、相手は大名家だ。やめておけ」

「はぁ」

気のない返事をした慎吾に、松島は疑うような目を向けて言う。

「だいたい、お前は無茶をしすぎだ。よいか、大名家を調べようなどと考えるな。

一人で危ないことをするでないぞ」

「はは」

神妙に応じて頭を下げた慎吾は、この場から退散すべく、そろりと立ち上がった。

「どこへ行く」

「診療所へ戻って、大人しくしております」

「待て、御奉行がお待ちだ。役宅へ顔を出してから行け」

「御奉行が？」

「さよう。早く行け」

小言を聞かされそうで腹の傷が疼《うず》いたが、無視して帰るわけにもいかず、慎吾は重い足取りで役宅へ向かった。

六

「油断しおって、この大馬鹿者！」

忠之は、脇腹をかばって辛《つら》そうに座った息子を機嫌悪く叱った。

慎吾は正座して頭を下げた。

「ご心配をおかけしました」

父の気持ちを察してこころから詫《わ》びる慎吾に、忠之はため息をついた。

「傷はどうなのだ」

「まだ糸が取れませんので引きつったようにございますが、痛みはほとんどありません」

うむ、とうなずいた忠之が、慎吾の後ろで顔を伏せ気味にしている静香を見た。

「そなたを呼んだ覚えはないが」

言ったものの、弱みをにぎられている娘から冷たい目を向けられ、忠之は息を呑《の》んだ。

「まあ、いい」

慎吾が隠し子であることを母上にばらすと脅された気がして、娘に逆らえぬ忠之であった。一つ空咳をして気を取りなおすと、息子の顔を見た。

「慎吾、今日はお前に大事な話がある」

「磯屋のことは、引き続き探索をさせていただけませぬか」

「何を申しておる」

「下手人と剣をまじえて取り逃がすという大失態を演じておきながら、図々《ずうずう》しいとお思いでしょうが、次は必ず捕らえますゆえ、今一度機会をお与えください」

「当たり前だ。そうでなくては困る」

「はは」

仰々しく頭を下げて辞そうとする慎吾に、忠之は顔をしかめた。

「待て。わしが申す大事なこととは、事件のことではない」

「は？」

「まあ座れ」

慎吾が座るのを待って、忠之が改めて告げる。

「そなたに、縁談がきておるのだ」

「え？」

拍子抜けした返事をする慎吾に、静香が笑った。

忠之は静香を見て、静かに、という顔をした。

静香は笑みを消して、兄を見守る体で居住まいを正した。

忠之は改めて言う。

「悪い話ではない。どうじゃ、受けるか」

「父上、相手の名も言わずに受けろとは、兄上に失礼ではございませぬか」

静香が、いささか怒った口調で口を挟んだ。

「受けなければ、名は申せぬのじゃ」

忠之は娘を制し、慎吾に向いた。

「夏木の姓は絶えることになるが、受ければ出世が約束される。そなたの母も、周吾殿も喜んでくれるであろう」

「婿に入れと仰せですか」

「そうじゃ」

慎吾の頭に、松島の娘和音の顔が浮かんだ。以前屋敷に招かれた時、酔った松島が発した、婿に来いという言葉を思い出したからだ。

忠之が相手の名を言わぬのも、慎吾が断った時に気まずい思いをさせぬようにとの、気配りであろう。

考えを変えてみれば、まだ断る余地があるということか。

慎吾は、父の前に両手をついた。

「せっかくではございますが、お断り申し上げます」

「わけを申せ」

忠之は、落ち着いていた。

慎吾はゆっくり顔を上げて居住まいを正し、父の顔を見た。

黙っている倅の顔を見て、忠之が微笑む。

「好いたおなごがおるのか」

慎吾は、畳に向けた目を泳がせた。

後ろにいる静香は、黙って慎吾の背中を見ている。

忠之が問う。

「相手は誰だ」

「おりませぬ」

「では何ゆえ断る」

「まだ、所帯を持つ気になれませぬ」

「お前もいい年頃だ。夏木家が絶えると申したから拒むか」

「今は、下手人のことで頭が一杯です」

忠之はうなずいた。

「さもあろう。では、この話はまたにいたそう」

「いえ、これからも、お断りします」

頭を下げる慎吾を、忠之は目を細めて見下ろした。

「そうか、好いたおなごがおるか」

慎吾は呆れた顔を上げた。

「どうしてそうなるのですか」

「照れずともよい」

「おりませぬ」

慎吾が言い切ると、忠之は落胆した。

「まことに、所帯を持ちとうないのか」

「今はまだ、その気になれませぬ」

「そうか。わかった。では、先方にはそのように伝えておこう。しっかり養生して、探索に戻れ」

強引に進められると思っていた慎吾は、安堵して頭を下げ、忠之の前から下がった。

華山が待つ診療所に戻ろうと廊下を歩んでいると、静香が追ってきた。

「兄上」

人に聞こえぬよう小声で言い、袖を引っ張った。

「兄上が縁談を断られるのは、華山先生が気になっているからですか」

「馬鹿を言わないでください」

「あら、違うのですか？」

「華山は大事な友です」

「一度会わせてください」

「会ってどうするのですか」

「兄上が友と思っていても、先生は違うかもしれないでしょ。この目で確かめてみます」

慎吾は動揺した。

見逃さぬ静香は、探る目をして言う。

「わたしが行くと、まずいことでも？」

「違います。妹と名乗るおつもりじゃないかと思いました」

「兄上とのことは申しませぬから、ご安心を」

「どうするおつもりですか」

「うふふ、いいからいいから。では、お怪我をお大事に」

静香は嬉しそうな顔で頭を下げると、奥へ戻っていった。

何だかいやな予感がしたが、止めても素直に応じる静香ではない。

「ま、いいか」

静香が華山と会ったからといって何も変わらないと思った慎吾は、下手人のことに頭を切り替えて役宅をあとにした。

七

診療所に帰ると、華山が盥《たらい》の水で足を洗ってくれた。

「傷は痛む？」

「いや、少し汗をかいたせいか、かゆい」

「治っている証拠だわ。爪でかいたらだめよ」

「うむ。糸はいつ取れる」

「そうね、今から傷を診てから決めるわ」

丁寧に洗った足を拭いてくれるのを待って、慎吾は奥の部屋に入った。

黒染めの羽織を脱ぎ、帯を解いて、おかえが用意してくれていた敷布団に横たわると、あとからおかえと来た華山が、傷の具合を診た。

「半日動いて血がにじんでいないから、もう大丈夫ね。腕も一緒に、糸を抜きましょう。おかえちゃん、支度して」

「はい」

道具を持って来たおかえが、

「あのう、慎吾様にお会いしたいと申されるお方がおいでです」

表を気にして目をやりながら告げた。

さっそく静香が来たのかと思い焦ったが、侍だと言う。

白井亨《しらいとおる》の名を聞いて、慎吾は慌てて着物をなおした。

「すぐにお通ししてくれ」

　華山が問う。

「誰なの？」

「兄弟子だ」

　亡き師匠の寺重宗近《てらしげむねちか》に天真一刀流を学んだ慎吾にとって、天真一刀流二代目を継いだ白井は、兄弟子なのだ。

　程なく、おかえに案内されて来た小柄な中年男が、にやにやしながら入ってきた。

「よう」

「先生」

　慎吾は急に、斬られてしまったことが恥ずかしくなり、頭を下げた。

　白井が正面に座して、微笑んだ。

「風の便りで聞いたので来てみたが、思うたより元気そうじゃな」

「わたしのような者のために、わざわざ足をお運びくださり恐縮です」

「なんの。して、傷の具合はどうなのだ」

「今から、糸を抜くところでございます」

「そうかしこまった言い方をせんでもよい。わしとお前の仲ではないか」

「はは」

「今お茶を持ってまいります」

華山が気を利かせて去ると、白井の顔から笑みが消えた。

「して、お前ほどの者を斬った相手は何者だ」

「わかりません。ただ、座頭ではないかと」

「座頭？」

「何も見えぬ闇の中で、昼間のように剣を操ります」

「ほう」

白井が、探るように目を細めた。

「こちらの気を正確にとらえてくるか」

「はい」

「それは厄介な相手だな。いかがする」

「次は必ず倒します」

「どうやって」

「昼間なら、負けません」

「相手が誰ともわかっておらぬのに、どうして昼に挑める。お前が生きていると知れば、また夜に襲ってくるぞ」

「その時は、その時」

「このままでは同じだ。動けるようになったら、わしが相手をしてやろう」

慎吾は、驚いて目をひんむいた。

「よろしいのですか」

「ほかならぬ、可愛《かわい》い弟弟子の命にかかわるでな。鍛えなおしてやろう」

「では、道場にまいります」

「いや、大勢の門人がおる道場では気が散る。わしが北町奉行所に出向く」

「それでは、かたじけのうございます」

「よいよい。榊原殿には、わしから話を通しておくでな、早く治せよ」

それだけ言うと、華山の茶も待たずに帰っていった。

兄弟子と父上は知り合いなのだろうかと勘ぐったが、天真一刀流の二代目である白井に稽古をつけてもらえるのはありがたいという気持ちが勝り、剣術のことを考えた。

暗闇の戦いを得意とする相手を上回る技を、見出《みいだ》せるやもしれぬ。

そう思った時、慎吾は、闇の中に一筋の光を見たように、相手を誘《おび》き出す手を思いついた。うまくいけば、一気に解決できるかもしれぬ。

こうしてはおられぬと勇んだ慎吾は、華山を呼び、早く糸を抜いてくれと頼んだ。

第五章　必殺剣

一

慎吾は、何も見えぬ闇の中で木刀を正眼に構えた。

脇腹には多少の痛みがあるが、すぐに忘れて周囲に気を張る。

右から迫る気配に応じて木刀の切先を向けた。だが次の刹那、右肩に当たる寸前で止められた相手の木刀が、微《かす》かに着物に触れた。

目隠しを取ると、兄弟子、白井亨の木刀が肩に当てられていた。真剣ならば命を落としている。

慎吾は、悔しさに唇を噛《か》み締めて正面を向き、頭を下げた。

「まだ目に頼っている。もう一度だ」

白井が厳しく言い、間合いを空けて木刀を構えた。正眼から、脇構えに転じるのを見て、慎吾はふたたび目隠しをした。

正眼に構え、相手を探る。

白井の剣気を感じることができたが、その刹那、すぅっと、薄れた。白井が、気を殺したのだ。

奉行所の中庭には、榊原忠之をはじめ三人いるはずだが、慎吾には、白井の気配が感じられない。

じり、と、忠之が草履を鳴らし、濡れ縁に近づいたのがわかった。だがやはり、白井の居所はつかめぬ。

慎吾は、目隠しをした顔を前に向けて、意識を集中した。

鳥の羽音が聞こえ、烏《からす》が鳴いたその時、木刀が空を切る音がした。

「むう」

慎吾は、悔しさに呻いた。背中に木刀を当てられたのだ。

「未熟者、隙だらけだ」

「はい。申しわけありません」

「悪い汗をかいておるな。今日はこれまでといたそうか」

慎吾は応じて目隠しを取った。額には、べっとりとした不快な脂汗が浮いている。

木刀を納刀するように下げ、礼をした。

「傷が痛むのか」

忠之に訊かれ、慎吾は首を振った。

「いえ」

「では、今の隙は何ゆえだ」

不甲斐ない息子を叱る口調だ。

「耳に、頼りすぎたかと」

慎吾の言いわけに、白井が目を細めて上を向く。

「あ奴《やつ》めに、惑わされたか」

慎吾も見上げた。中庭から見える松の枝に、一羽の烏が止まっている。

「慎吾」

「はい」

「目、耳、鼻に頼ってはならぬ。こころの目で相手を捉えよ」

「こころの目、ですか」

「剣気を感ずることはできるな」

「できます」

「だが、相手がこころを無にして気を殺さば、太刀筋は読めぬ」

「心得ております」

「お前が得意とする技は、相手が攻撃に出た時に生じる僅かな隙を突くものと見たが、違うか」

「おそれいりました」

白井は渋い顔で応じる。

「その技が活《い》きるのは、相手の太刀筋を先読みしてのこと。襲われた時は暗闇の中だったがゆえに、相手の太刀筋が目で追えぬ不安から、こころに乱れが生じて不覚を取ったのだ」

「おっしゃるとおりかと存じます。まさにあの時は、斬られる恐怖が先に立ち、身がすくみました」

「正直だな」

「兄弟子には、誤魔化しは通りませぬから」

白井はうなずいた。

「では、わしも隠すまい。お前を斬った者の剣に覚えがある」

慎吾は驚いた。

「まことですか」

「修行の旅をしていた頃、岡山《おかやま》藩の世話になり城下に逗留《とうりゅう》していたことがあるのだが……」

「存じております」

「うむ。その折に、剣の腕を買ってくれと城を訪ねた者がおってな。藩侯の命で、御前試合をしたことがある」

話を聞いていた忠之が声をかけてきた。

「座頭だったのか」

白井は顔を向けて応じた。

「いえ。その者は、目隠しをして試合に臨みました」

忠之は驚き、渋い顔をした。

「なんのために、そのような真似をする」

「藩侯が問われたところ、無明剣と称しておりました」

「ほう、むみょうけん、とな」

忠之が、目を細めて探る顔をした。

「して、そのほうは試合に勝ったのか」

「辛《かろ》うじて。その者の太刀筋は鋭く、殺気に満ちた恐ろしい剣でございました」

「藩侯は、その者を召されたか」

「仕官を許されましたが、その者は試合に負けたことがよほど悔しかったようで、修行の旅を続けると申して、その日のうちに旅立ちました」

「名は、なんと申す」

「津山小三郎《つやまこさぶろう》です」

忠之は知らぬ名だと言い、白井に問う。

「夏木を襲ったは、その者だと思うか」

「あれ以来噂《うわさ》を聞き申さぬゆえ、生きておるかどうかもわかりませぬ」

「相手が、そのほうが申す無明剣の遣い手であるなら、夏木が勝てると思うか」

「昼間なら勝てましょうが、夜に戦えば、今のままでは無理かと」

忠之はうなずき、慎吾に顔を向けた。

「下手人は、昼間に捕らえよ」

慎吾は険しい表情をして応じた。

「この手で必ず」

白井が厳しい顔を向ける。

「その前に、技を高めよ。見えぬ、聞けぬ、嗅げぬを怖れぬことだ。心眼にて確実に相手を捉えるのだ」

慎吾は目を閉じ、言われたことを胸の中でつぶやき、ゆっくりと開けた。

「もう一度、稽古を頼みます」

慎吾の目を見据えた白井は、満足した顔で笑みを浮かべた。

「もはや教えることはない。あとは己で鍛錬いたせ」

白井はそう言うと忠之に頭を下げ、慎吾を井戸端に誘った。

従った慎吾は、忠之に頭を下げてあとに続いた。汲《く》み上げた水で濡らした手拭いで身体を拭いていると、白井が顔を向けてきた。

「案ずるな、お前なら必ず技を高められる」

「できましょうか」

「寺重先生が見込まれたお前だ。師の教えを思い出し、修行に励めばできる」

汗を拭き終えたところで忠之が来て、白井を誘った。

「先生、一杯どうか」

白井は恐縮した。

「せっかくのお誘いなれど、それがし、明日は西国に向けて発《た》たねばならぬゆえ、これにて失礼を」

「また、岡山に行かれるか」

「はい。国許へ戻られる藩侯に、同行を命じられまして。しばらく、瀬戸内《せとうち》の潮風に当たってまいります」

「さようか。そのように忙しい時に、慎吾、いや、夏木に稽古をつけてくださり、かたじけない」

「なんの。久々に弟弟子と剣をまじえられて、楽しゅうござりました。では、これにてごめん」

忠之に頭を下げた白井が顔を上げると、慎吾の肩に手を伸ばした。

「慎吾」

「はい」

「何があろうと死ぬでないぞ」

手に力を込め、念を押すような目で顎を引いた白井は、肩をたたいた。

慎吾は頭を下げた。

「またお目にかかれる日を楽しみにしております」

「うむ。また会おう」

白井は笑みで言い、帰っていった。


次の日、慎吾は一人で、上野山を越えた先の金杉村《かなすぎむら》にある竹藪《たけやぶ》に入った。

黒羽織を着けず、無紋の小袖の帯に大小を落としただけの身なりで来たが、忠之から授かった脇差《わきざし》と共に差すのは、祖父、周吾が残してくれた形見、盛貞《もりさだ》の真剣である。

隣村に抜ける小道の中ほどに来ると、あたりに人がいないのを見定め、懐から襷《たすき》を出して目隠しをした。

気を整え、右足を半歩出して、静かに抜刀した。

真剣を構えるのは久しぶりだ。刃引きしたいつもの刀にくらべると、やはり気が引き締まる。

慎吾は大きな息を一つして肩の力を抜き、正眼に構えた。

目、耳、鼻から意識を遠ざけ、何も考えず、全身で空気を感じた。

鳥が鳴き、竹の葉が風に揺られてざわつく。慎吾の耳には聞こえているが、ここには届いていない。ひたすらに、僅かな空気の動きを感じ取ろうとしているのだ。

上から、風に落とされた竹の葉がひらひらと舞い降りて来た。

慎吾はふと、空気に乱れが生じたのを感じ、後ろに身を転じた。

振り上げた刀を拝み打ちに下ろす。切先をぴたりと止めると、脇腹と腕の傷がうずく。だが、耐えられぬ痛みではない。

慎吾は息を吐き、切先を下に向けたまま目隠しを取った。

足下には、竹の枯葉が積み重なっているが、そのいずれも、傷一つ付いていない。

舌打ちをした慎吾は、ふたたび目を隠し、左足を前に出した。柄を額の前にして切先を空に向け、上段の構えをとった。

気を整え、空気を全身に感じる。

「てぇい！」

気合をかけて打ち下ろすが、ひらひらと舞う竹の枯葉は地面に落ちた。

「まだまだ」

もう一度構え、刀を振る。この繰り返しを、次の日も、その次の日も続けた。

五六蔵や作彦に探索をまかせたまま通い詰め、五日が過ぎた。

慎吾の足下には竹の葉が重なっているが、真っ二つに切られた物は一枚もない。

それでも、僅かに掠《かす》め、傷が入ったものはある。

「あと一息だ」

全身を汗みずくにした慎吾は、薄暗くなりはじめた竹藪を見回し、目隠しをした。

大きく息を吐き、気を静めると、盛貞を正眼に構えた。

風が吹き、竹が揺らいだ。

葉と葉が重なり、ざわつく。

慎吾は、それらの音を聞き流し、無の境地で刀を構えている。

ぴんと張り詰めていた空気が、微かに揺らいだ。

ふと刀を振り上げつつ左に身を転じ、刀を打ち下ろした。

確かな手応えを得て目隠しを外して見ると、二つに割られた竹の葉が、ひらひらと舞って地に落ちた。

「できた」

慎吾は、葉が落ちる時に生じる僅かな空気の動きを感じ取ることができたことに、喜びというよりは安堵し、ほっと息を吐いた。

落ち葉を踏みしめて道を走って来る足音に顔を上げると、作彦だった。

「作彦！　ここだ！」

足を止めた作彦が、竹藪の中にいる慎吾を見て告げる。

「旦那様、五六蔵親分から言伝《ことづて》です」

「待ってろ、今そっちへ行く」

道に出て渡された文を開いて読んだ慎吾は、作彦に渡した。

「さすがとっつぁんだ」

口に出した慎吾は、下手人に向けるような厳しい目を竹に向けるや、抜刀した盛貞を一閃《いっせん》させて納刀した。

「作彦、行くぞ」

背を返して歩みはじめた慎吾の背後で、切り口が斜めに割れた竹が葉の音を立てて倒れたのを見て、作彦が目を丸くした。

二

江戸は五月晴れが続いていたのだが、この日は、朝から雨が降っていた。

富岡八幡宮《とみがおかはちまんぐう》の境内にある小料理屋の深川屋《ふかがわや》に来ていた慎吾は、名物のあさりの佃煮《つくだに》でちびりと盃《さかずき》をかたむけていた。

二階部屋の障子に、廊下で人が座る影が映り、

「お連れ様がお見えになりました」

声をかけて障子を開けると、小袖に浅黄色の襷を斜めがけにした小女《こおんな》が微笑み、

後ろの者を促した。

廊下を歩み、小女の背後に現れたのは、磯屋の女将おやすだ。下げた頭を上げると、座している男を見て、誰かと問う目を慎吾に向けた。

慎吾が笑顔で応じる。

「忙しいところ呼びつけてすまないな。ま、座ってくれ」

横手の膳を指し示すと、おやすは目を伏せて中に入り、黙って座った。

慎吾が教える。

「この者はな、福満屋の右兵衛だ」

右兵衛が余裕の笑みを見せて頭を下げた。

地上げをさせた本人を前に、おやすは顔を強張《こわば》らせた。

「旦那、話とはなんですか」

「まあ、そう怖い顔をするな。役者が揃《そろ》ったところで、二人に頼みたいことがある」

おやすはあからさまに迷惑そうな顔をしたが、右兵衛をちらりと見て、慎吾に顔を向けた。

「何をしろとおっしゃいますか」

「他でもない。蛸壺長屋のことだが、この福満屋に譲ってやってくれぬか」

まさか慎吾から言われるとは思っていなかったようで、おやすは目を見張った。

だが、すぐに落ち着きを取り戻し、

「何かと思えば、そんなことですか。きっぱりと、お断りいたします」

聞く耳持たずで帰ろうとするおやすに、慎吾が言う。

「まあ、話だけでも聞いてくれぬか。これはな、周三郎を殺めた下手人を捕まえるためなのだ」

立っていたおやすは、いぶかしげな顔で慎吾を見下ろした。

「下手人を捕まえることと、長屋を手放すことが、なんの関わりがあるのです」

「ま、それはあとで教える。その前にな、お美津という女のことを、聞かせてくれぬか」

「由吉の？」

「そう、逃げた女房だ」

おやすは素直に応じて、膳の前に戻った。

「まずは喉を潤してくれ」

慎吾が熱燗《あつかん》をすすめると、おやすは一口だけ含み、

「お美津さんが、どうかしたのですか」

訊きながら、盃を置いた。

慎吾が手酌をしながら言う。

「由吉に娶《めと》らせたのは、周三郎だったな」

「はい」

「周三郎とお美津は、どういう知り合いだ」

「お美津は、周三郎の従兄弟《いとこ》の娘です」

「そいつは、誰から聞いた」

「周三郎本人からです」

「ふぅん」

慎吾の返事のしかたで、おやすはぴんときたのか、驚いたような目を向けた。

「旦那、まさか」

「うむ？　まさかとは、なんだ」

訊き返すと、おやすは考えを廻《めぐ》らすように目を泳がせて告げる。

「芸者をしていたらしいですから、もしや周三郎の妾だったのではと、思いまして」

「お美津は、芸者ではありませんよ」

右兵衛の言葉に、おやすが目を見開いた。

「どういうことでしょう」

「お美津は、わたしの店で働いていたのですよ」

「つまり、太夫ということだ」

慎吾が教えると、おやすは右兵衛に不安そうな顔を向けた。

「では……」

右兵衛がうなずく。

「お察しのとおり、身請けされたのは周三郎さんです」

唇を噛み、辛そうな顔をうつむけるおやすに、慎吾が言う。

「そのあとすぐに、由吉に娶《めあ》わせたというわけだ」

おやすは右兵衛に問う。

「周三郎は、身請け代のために長屋を売ろうとしたのですか」

「いやいや、お代は全額いただいていますよ」

「そのようなお金がどこに……」

言いかけて、おやすは目を丸くした。

「どうした」

慎吾が訊くと、おやすはため息まじりに告げる。

「高い鯉を買ったと言ったことがありましたが、今考えてみれば、お美津を由吉に娶らせた頃でした」

「その金を身請け代に使ったのなら、鯉が池に入らぬので気付くだろう」

慎吾がそう言うと、おやすは苦笑いをした。

「鯉にまったく興味がなくて、正直、どれがどれだか、わたしには見分けがつきませんから、入っていなくてもわかりません」

「なるほど。周三郎さんも、なかなかの狸《たぬき》だ」

そう言って笑う右兵衛を、おやすは睨《にら》んだ。

「お金のことではないのなら、夫はなぜ長屋を売ろうとしたのです」

右兵衛は笑みを消し、神妙な顔をした。

「さて、そこまでは。ただ、お美津に関わりがあるのではないかと、たった今、夏木様にも申し上げたばかりで」

「でも、身請け代はすませているはずでは」

「そのことではなくて、由吉さんの家からお美津がいなくなったことに、関わりがあるのではないかと。というのも、周三郎さんが案じておられたのを思い出しましてね。今になって考えれば、長屋を売りたいと言ってこられたのは、その頃なのですよ」

「これについて、何か思い当たることはないか」

慎吾が訊くと、おやすが問いかける目を向けた。

「逃げた理由のことですか」

「いや、周三郎がどうして、長屋を売ろうとしたかだ」

「さあ」

わからないと、おやすは首をかしげるばかりだ。

慎吾はここで、話を持ち出した。

「この謎をはっきりさせるために、長屋を一旦売ってくれぬか」

「一旦?」

「うむ」

慎吾は手招きし、近づいたおやすの耳に、こまごまとしたことを入れた。

おやすは目を見開いたが、右兵衛も承知していると言うと、渋々ではあるが、申し出を受けてくれた。

「すまぬが、よろしく頼むぜ」

慎吾は頭を下げ、二人に膳をすすめた。

三

その翌日。

蛸壺長屋では、女房たちが由吉の部屋の前に集まり、おそねが戸をたたいて声をかけた。

「由吉さん、いるんだろう」

返事がない。

「開けるよ」

勝手に戸を開けたおそねが、むっとした顔をする。

「何だい、線香なんか焚《た》いて」

陰気な匂いは嫌いだよ、と言いながら、顔の前で手をひらひらとやり、

「いないのかい？」

奥に声をかけると、襖を開けて由吉が顔を出した。土間に立つおそねと、戸口に集まっている女房たちを見て、不安そうに問う。

「おそねさん、どうしたんです、怖い顔して。何かあったのですか？」

「惚けるんじゃないよ。いったいどういうことさ」

「落ち着いてくださいおそねさん。いったい、なんのことです？」

「あんた、知らないのかい？」

「何をです」

おそねが呆れた。

「たった今、磯屋の番頭さんが来たんだよ。この長屋を売るってさ」

由吉はほんとうに知らなかったらしく、息を呑んだ。

「まさか、何かの間違いでしょう」

「間違いなもんか。今夜、買い手が沽券状《こけんじょう》を受け取りに来るらしいよ」

おそねがそう言うと、女房たちが入ってきた。

「あたしら、来月までに出ていけって言われたんだから」

「そうですよ。急に言われても困ります」

「うちの旦那は短気だから、怒って暴れたらどうしよう」

不安そうに言われて、由吉は顔面を蒼白《そうはく》にした。

「確かめて来ます」

おそねたちを押しのけて、磯屋に走った。

暖簾を潜《くぐ》る由吉の顔を見た番頭が、帳場から立って上がり框まで出てきた。

「由吉さん、その顔だと、話を聞いたようだね」

「聞きました。番頭さん、いったいどうなってるんです」

「わたしにも、何がなんだかわからないんだよ。今朝になって、女将さんから急に言われたものだからね」

「女将さんはいらっしゃいますか」

「出かけていなさるよ」

「どこにです」

「追っかけようったって無駄ですよ。誰も行き先を聞いていないからね。女中には、夜までには帰ると告げていなさったがね」

「長屋がなくなったら、わたしはどうなるのです」

「それは女将さんに聞いておくれよ」

「今夜買い手が来ると聞きましたが」

「ああ、そういうことになっているね。戌《いぬ》の刻（午後八時頃）あたりに来るそうだから、それまでに女将さんは戻られるはずだ。言いたいことがあるなら、先方が来る前に、女将さんと話をしたらどうだい」

　由吉が悔しげに唇を嚙み締めていると、

「まあ、そういうことだから」

　番頭は、仕方なさそうな顔をして仕事に戻った。

　突き離された由吉は肩を落とし、力のない足取りで長屋に帰った。

由吉の部屋の前で待っていた女房連中が、姿を見るなり駆け寄った。

おそねが問う。

「どうだった？」

由吉が目をつむって首を横に振ると、女房たちから不安の声があがった。

「来月までに出ていけだなんて、あんまりだよう」

「次の長屋を探すといってもさ、すぐに見つかりっこないよう」

「安心してください。わたしがなんとかしますから」

由吉がなだめる仕草をして言うと、おそねが口を尖《とが》らせた。

「なんとかって、どうするのさ」

「今夜、女将さんと話してみますから」

「今話して来たんじゃないのかい？」

「女将さんはご不在で、夜までに帰られるそうですから、日暮れ時にもう一度行ってみます」

「こうなったら、あたしたちも行こうじゃないか」

おそねが声をあげると、女房たちが団結した。

由吉は、騒ぐ女房たちをなんとか黙らせて言う。

「みんなで押しかけたら、かえって女将さんを意固地にさせるかもしれません。ここは、大家のわたしにまかせていただけませんか。必ず、考えなおしてもらいますから」

「あんただけじゃ、心配だよう」

「お願いですおそねさん。万が一、女将さんの気持ちが変わらなかった時は、わたしが責任をもって、皆さんの新しい住まいを探しますから」

由吉は、周三郎が北森下町に新しい長屋を世話していたことは黙っていた。

渋々帰っていく女房連中の背中を見送ると、大きな吐息を漏らして家の中に入ろうとしたのだが、杖《つえ》を突く音に気付いて路地に顔を向けた。

「ああ、松さん、お出かけかね」

「へい、仕事でやんすよ」

「ご苦労だね」

「あのう、由吉さん」

「なんだい？」

「へい、あっしは地獄耳なもので聞こえたんですがね。この長屋が売られるので?」

由吉はため息まじりに告げる。

「まだ決まっちゃいないが、そうなりそうだね」

「それじゃ、あっしの家はどうなるんで?」

「さあ、松さんのところは持ち主がいなくなったんだから、松さんが決めることじゃないかね」

「あっしの家だけ、残せましょうか」

「更地にして舟宿を作ると聞いているから、難しいのじゃないだろうか」

「そいつは困りやす」

松は、眉をひそめた。

「他に家があるのに、気に入っているようだね」

「へい。こちらの方が、住み心地がよろしいもので」

「またやくざの連中が来るかもしれないから、気をつけなよ」

そう言って、由吉は部屋に入った。

一人残された松は、

「そいつは、困りましたね」

白く濁った目を開けて言うと、誰もいない路地にぺこりと頭を下げて、仕事に出かけて行った。

四

夜になって、磯屋の店先で長屋の連中が騒ぎはじめていた。

蛸壺長屋を守ろうとするおそねたちが、由吉の言うことを聞かずに亭主を連れて集まり、売るな売るなと抗議しているのだ。

たまりかねた店の者が番屋に駆け込んで町役人を連れて来たことで、長屋の連中の怒りは収まるどころか、騒ぎはさらに大きくなりはじめている。

その頃、新吉原を出た福満屋の駕籠が両国橋を渡って、深川に入っていた。

黒塗りの駕籠には着流しの帯に刀を差した一人の男が付き添っているだけで、他に警固の者はいない。

日高一家の子分や用心棒が襲われたというのに、手薄であった。

これも、裏の世界を生きてきた、右兵衛の余裕であろうか。

駕籠かきたちが低い声で調子を取りながら、深川の通りを進んでゆく。やがて下之橋を越えたところで左に曲がり、堀川の岸を磯屋に向かった。

近道を選び、表通りから一つ奥の路地に入り、町家の板塀に挟まれた路地を進んだ。黒江町まであと少しというところになって、板塀の角を曲がった駕籠かきが急に立ち止まった。

「どうした」

付き添いの男が訊くと、

「ここはいけませんや。真っ暗で気味が悪い」

前の者が後ろに顔を向けて言うとおり、路地には一つも明かりがない。

舌打ちをした付き添いの男が、別の道へ進めと告げた。

駕籠かきは素直に向きを変えて路地を曲がった。この路地には、商家の裏木戸にかけられた行灯《あんどん》の明かりがある。

だが駕籠かきは、少し進んだところでまた立ち止まった。

「今度はなんだ」

「あ、あれを」

脅えた様子で指差す先には、黒い人影が立っている。

行灯と駕籠のちょうちんの頼りない明かりにぼんやりと見える人影は、こちらをうかがっているようであったが、地面に杖を打ち鳴らして、歩みを進めて来た。

日高一家の連中が殺されたことを知る駕籠かきは、座頭の姿に腰が引けた。

「でで、出た」

前の駕籠かきが後ずさると、裏木戸にかけられていた行灯の火がふっと消えた。

駕籠かきが、腰のぶらちょうちんを手に取って高くかざすと、すたすたと歩み寄る人影が浮かんだ。

「逃げろ！」

付き添っていた男が怒鳴るや、駕籠かきの二人は肩から駕籠を落として、悲鳴をあげて逃げた。

ぶらちょうちんを持って行かれ、一寸先も見えぬ闇となったと思うや、前から駆け寄る足音がした。

闇に鋼がぶつかる音が響き、火花が散る。

交差した両者が離れ、間合いを空けた。

「まんまと来やがったな」

「むう」

襲撃者が謀られたことに気付き、身構える気配があった。

暗闇の中で声がする。

「北町奉行所の夏木だ。この前の借りを、きっちり返させてもらうぞ」

駕籠に付き添っていたのは、他ならぬ慎吾だ。

闇の中にある気配に向かって告げた慎吾は、手にしていた十手を帯に差して抜刀した。

盛貞の太刀ではなく、刃引きをした、いつもの刀を正眼に構えると、目を閉じた。

相手は、謀られた憤りでこころが乱れているらしく、気配をはっきり感じる。

その気配が殺気に変わり、無言で迫ってきた。

闇の中で刀が振られたが、慎吾は紙一重で刃をかわすと同時に、己の刀を真横に一閃した。胴を打ったはずであるが、はっきりわからぬ。相手の苦しそうな呻き声は聞こえるが、倒れた様子ではない。

「今日は逃がさぬぞ、あきらめろ」

慎吾が言うと、相手が鼻で笑った。その刹那、ふっと、気配が消えた。

慎吾は素早く移動して板塀に背中を付け、正眼に構えて集中した。ゆっくり息を吐き、気を静める。

遠くから微かに響く三味線の音も、宴会で騒ぐ酔客の声も聞こえるが、慎吾のこころには届いていない。

空気の乱れを、感じるのだ。

己に言い聞かせた慎吾は、こころを無にして感覚を研ぎ澄ます。

路地を風が流れたが、惑わされぬ。

宴会の笑い声がどっと響いた時、ふと、空気が動いた。と、思うや、その空気が凄《すさ》まじい勢いで迫るのが、はっきりと感じ取れた。

慎吾は無意識のうちに刀を下げて迎えると、

「てぇい！」

裂帛《れっぱく》の気合をかけて前に出た。

闇に火花が散る。

両者はすれ違い、慎吾は背を返しざまに刀を振るった。

ふたたび火花が散り、慎吾は打ち下ろされる刀を引いてかわすと、

「えい！」

気合をかけて袈裟斬りに打ち下ろした。

「うう」

闇に刺客の呻き声がした。

慎吾の技が勝り、相手の肩を打ったのだ。

逃げようとした刺客の背後に迫り、刃引きの刀で足を打つ。

呻いた刺客が倒れたところで、慎吾は懐から呼子を取り出し、空に向かって吹き鳴らした。

人が多い通りや、別の路地を見張っていた五六蔵たちが聞きつけて、御用ちょうちんを持って集まって来た。

慎吾は、五六蔵たちに通りを見張らせることで、下手人がこの道に潜むよう仕組んでいたのだ。

明かりに照らされた者は頭巾と布で顔を覆い、見た目は座頭だ。

だが、慎吾は目に覚えがあった。

「やはりおめえだったか、由吉」

「なんですって！」

五六蔵が目を丸くして、作彦と共に駆け寄った。

「顔を見せろ！」

慎吾が怒鳴ると、由吉が布を剝ぎ取った。

確かに由吉だが、長屋の連中と穏やかに接していた男とは思えぬほど、憎悪に満ちた顔をしている。

「とんでもねぇ野郎だ」

五六蔵が十手の柄に唾を吐き、前に歩み出たが、由吉が刀の切先を向けて威嚇した。

「来るんじゃねぇ」

慎吾が告げる。

「由吉、こうなったら逃げられぬぞ。大人しく縛につけ」

「逃げられぬかどうか、確かめてみるかい」

由吉は、傷ついた足をかばいながら立ち上がり、刀を横にして前かがみに構えた。御用ちょうちんに照らされた目を、ぎらりと鋭くする。

逃げる隙をうかがっているらしく、じりじりと、後ずさりをはじめた。

慎吾が逃がすまいと前に出た時、由吉の目の前の木戸が開き、町家の小女らしき若い娘が、騒がしい外の様子を見に出た。

「危ないから出るな！」

慎吾が叫んだ時には、小女の首に由吉の腕が絡み付き、刃が頬に当てられた。

まだ十四、五の若い娘は、恐怖のあまり悲鳴をあげることもできずに身を固め、唇を震わせている。

「由吉！」

怒りに身を震わせた慎吾が怒鳴った。

「おっと。一歩でも動いたら、女の首が飛ぶぜ」

由吉は落ち着いた口調で言い、後ろに下がっていく。

呼子を吹こうとする五六蔵を止めた慎吾は、じりじりと間合いを詰める。

「来るなと言っただろう。殺すぞ」

「往生際が悪いぞ。あきらめろ！」

「うるせぇ！」

由吉は小女を人質にしたまま、傷ついた足を引きずりながら門前通りを横切った。

町役人たちが、さす股《また》や突棒《つくぼう》を持って集まり、やがて北町奉行所からも、慎吾の仲間たちがやって来て、深川の夜の町は大騒動になった。

由吉は小女を楯《たて》にして、取り囲もうとする役人を威嚇して道を空けさせる。

慎吾たちは手も足も出せぬまま、由吉と小女にぞろぞろ付いて行くこととなり、とうとう、蛸壷長屋に来てしまった。

「野郎、家に立て籠もる気ですぜ」

五六蔵が焦って言った。

そこへ、騒ぎを聞きつけた長屋の連中が戻ってきた。

「由吉さん！　何やってるのさ！」

声をかけたおそねが前に出ようとしたのを、亭主の久米吉が止めた。

「由吉さんてば！」

由吉はおそねと目を合わせず、家の格子戸を開けた。

小女のか細い肩越しに見える由吉の目がおそねに向けられた時、微かに笑ったように、慎吾には見えた。

由吉は小女を突き放し、中に入って戸を閉めた。

「家を囲め！」

あとから加わった与力の松島が大声で命じ、慎吾に厳しい目を向けた。

慎吾は走り、倒れ込む小女の身体を起こした。

「怪我はないか。もう大丈夫だからな」

小女は、唇を紫色にして震えている。

慎吾は五六蔵に小女を預けると、松島が止めるのも聞かずに部屋の中に駆け込んだ。

「旦那、お待ちを」

御用ちょうちんを持った作彦が追って入った。

「気をつけろ！」

慎吾は声をかけ、十手を抜いた。

草履のまま座敷に上がり、奥に向かう。

いつも線香を焚いているのか、部屋に匂いが染み付いているようだった。その香りの中に、ほのかな花の匂いがする。

奥の襖を睨んだ慎吾は、作彦の胸を押して下がらせ、十手をにぎりなおすと襖を蹴り倒した。

「お！」

中の様子に、思わず息を呑んだ。

充血した目を大きくひんむいた由吉が、苦悶の表情で歯を食いしばっている。その腹には、布を巻いた刀の切先が当てられていた。

慎吾は怒鳴った。

「やめろ！」

「来るでない！」

僅かに刺された腹から、一筋の血が流れた。

由吉は、痛みに顔をしかめながら言う。

「このおれが敗れたのは、あんたで二人目だ。何流を遣う」

「天真一刀流だ。刀を抜け由吉」

「ふ、ふふふ」

青ざめる慎吾を見上げて、由吉が苦しげに笑った。

「どうりで、昔戦った男の太刀筋と同じだ」

慎吾は驚いた。

「お前まさか、津山小三郎か」

「いかにも。おれが編み出した剣を、このようなことに遣うとは思わなんだ。疑われた松には、悪いことをしたと思うている。殺めた者たちには、あの世で詫びるとしよう」

「周三郎は恩人ではなかったのか。どうして殺めた」

慎吾の問いに、津山は大きな息を吐いた。

「おぬし、好きなおなごはおるか」

「おらぬ」

「ふん、話にならぬ」

「周三郎を殺したことと、想《おも》い人がなんの関わりがある」

「好いた女が、毎晩のように他の男に抱かれるのに、おぬしは耐えられるか」

耐えられるわけはないと思ったが、慎吾は答えなかった。

見透かしたかのように、津山が口元に笑みを浮かべ、すぐに真顔となった。

「好いたおなごと、やっと二人きりで暮らせるようになったというのに、周三郎が、この家を売ろうとした。だから、殺したのだ」

「お美津のことを言っているのか」

津山は答えず、刀を深く突き刺した。

「由吉！」

近寄ろうとする慎吾を、津山は寄るなと叫んで制した。腹を斬り、呻きながら言う。

「この家を、守り、たかったのだ。されど、これで、二人きりになれる」

「どういうことだ。お美津はどこにいる！」

津山は、血がにじんだ歯を見せて微笑むと、目をかっと見開いて刀を引き抜き、止める間もなく、首の血筋を斬った。

力なく突っ伏した津山を見下ろした慎吾は、すべてを白状させる前に自害させてしまったことを悔やみ、唇を噛み締めた。

だが、津山が残した言葉を頭の中で繰り返した慎吾は、はっとした。

「作彦、もう一度床下を調べる。とっつぁんを呼んでくれ」

作彦は、何をするのかと首をかしげつつも、急いで外に出た。

五

その翌日、榊原忠之は、目の前に座っている慎吾に盃を差し出した。

慎吾が銚子の酒を注ぐと、忠之は一息に飲み干し、深い息を吐いた。

親子がお忍びで来ているのは、本湊町《ほんみなとちょう》の舟宿、丸竹《まるたけ》である。

忠之は、倅とこうして酒を酌み交わすのが楽しみであり、今が旬の鯛《たい》の刺身に舌鼓を打ち、上機嫌だったのだが、津山が自害した磯屋の一件に話が及ぶと、難しい顔をした。

「津山は、好いた女が眠る家を守るために、此度の事件を起こしたと申すか」

「床下の土の中から見つかった骸《むくろ》には、お美津の物と思われる着物がかけられておりましたので、間違いございません」

「うむ」

忠之は、念を押すように訊いた。

「女房を殺めたのも津山だと思うか」

「おそらく」

「理由は、離縁のもつれか」

「いえ、津山とお美津は、もともと夫婦ではなかったのではないかと」

「どういうことだ」

「お美津は、新吉原の福満屋で遊女をしていた女ですが、磯屋周三郎が身請けし、由吉と娶わせました。ですが、それはうわべだけで、実のところは、周三郎が囲っていたのです」

忠之は慎吾の目を見た。

「間違いないのか」

「福満屋右兵衛に再度問いただしましたら、重い口を開きました。もっと早くわかっていれば、探索の目も違っていたのですが」

詫びて頭を下げる慎吾に、忠之は寛容な態度で応じた。

「福満屋としても、他の客の手前、太夫の身請け先の内情をそう易々《やすやす》とは教えられぬのであろう」

慎吾は顔を上げ、酌をした。

忠之は一口含み、感慨深げに言う。

「津山は、その女によほど惚れていたのだな。墓に入れず床下に埋め、共に暮らしている気持ちになっていたのだと思うと、切ない」

「わたしには、津山の気持ちがよくわかりません。惚れたのであれば、二人で逃げることだってできたはずです」

「相惚れならば、そうしたであろう」

「では」

「うむ。おそらく津山の想いは、お美津には伝わっておらなんだのだろう。一つ屋根の下に暮らしていながら、惚れた女は別の男を待っている。死んだ者を悪く言いたくはないが、周三郎も罪な男よ」

忠之は唇をへの字にして、首を横に振った。

慎吾が言う。

「妻の目を誤魔化すために、そうさせたのでしょう」

「まさに、津山にとっては生き地獄だ」

「思い返してみれば、福満屋は、お美津がいなくなったことを周三郎が案じていたと申しておりました。長屋を売ろうとしたのは金のためではなく、津山の家から、お美津を取り戻したかったからなのかもしれませんね。普請がはじまれば、土を掘りかえしますから」

　忠之はうなずいた。

「異変に気付いていながら、女房にばれるのを恐れて、そのような回りくどい行動に出たのであろう。自業自得と申せば哀れであるが、一言助けを求めれば、命を落とさずにすんだのだ。日高一家の者にしても、殺されずにすんだのだと思うと、胸が痛い」

「おっしゃるとおりです」

　差し出された盃に、慎吾が酒を注いだ。

　忠之は一息に飲み干し、磁器の盃を見ながら息を吐くと、慎吾に顔を上げた。

「ところで、腹の傷はどうなのだ」

「もう大丈夫です」

「では、お前も飲め」

「はは」

息子に酒を注いだ忠之は、意味ありげな目を向けた。

「治りが早かったな」

「はい」

「よほど手当てが優れていたのであろう。どれ、わしも今度、華山に診てもらおうか。おお、そういえば、静香も行くと申していたな。共にまいろうか」

「静香殿は、思い違いをしているのです。華山は、ただの友ですから」

慎吾が目を泳がせるのを見て、忠之が楽しげに笑った。

六

翌朝、慎吾は浜屋に顔を出していた。

座頭の松が千鶴の按摩を終えて出てくると、五六蔵が代金を渡して言う。

「この一件じゃあ、お前さんが一番ひでえ目にあったな。これは、おれの気持ちだ」

　多めに銭を渡された松は、どうもあいすみませんと言った後、

「へへ、そうでもないんでやんすよ」

　苦笑いをして恐縮した。

「そうでもないとは、どういうこった」

「へい、地獄の中にも、仏がいたんでさ」

　などと言っていると、女が暖簾を潜った。

「お前さん、迎えに来たよ」

　細い目をさらに細めて言い、でっぷりとした身体を揺すって松に歩み寄る女に、五六蔵たちはあっけにとられている。

「おい松、おめえ」

「へへ、親分さん、これは、あっしのかかぁで、とめと言いやす。以後、お見知りおきのほどを」

　松は、日高一家の虎吾郎に酷《ひど》い目に遭わされ、右も左もわからぬ土地に放り出さ

れていたところを、とめに助けられたのだと教えた。

「そんなことがあったのか」

感心した慎吾に、松が顔を向けた。

「旦那もいらっしゃったので。はは、お恥ずかしい」

「恥ずかしがることはないぜ。なあとっつぁん」

「まったくで。よかったな松」

「あっしは目は見えませんがね、女には、ちょいとうるさいのでございますよ。どうです、べっぴんでございましょ」

五六蔵が、口をあんぐりと開けてとめを見た。

「そそ、そうだな。誰かが、そう言ったのかい」

「へい、おそねさんが、えらい器量よしだから、他の男に取られるなと言いましてね」

五六蔵と慎吾は、顔を見合わせた。

「そうかい。いい嫁をもらって、よかったな」

慎吾が言うと、

「へい、あっしは、果報者でやすよ」

松が、満足そうに応じた。

「長屋の男連中も、羨ましがっているんでござんすよ」

などと自慢すると、女房は手で顔を覆って、照れている。

「さ、帰ろうか」

「あい」

応じた女房は、開けているのかつむっているのかわからぬ目を慎吾たちに向け、深々と頭を下げた。松の手をにぎり、労《いた》わるように外へ連れ出すと、ふたたびこちらを向いて頭を下げ、帰っていった。

「いい女房になるよ、あの子は」

着物の襟をなおしながら出てきた千鶴が、優しい笑みで見送ると、慎吾へ振り向いた。

「旦那にも、早く良いお嫁さんが来るといいですねぇ」

「はは、まあ、そうだな」

首の後ろに手をやり、ふと気配に気付いて目を向けると、おつねがお盆で顔を半分隠して、照れたような目を慎吾に向けていた。
ごくりと喉を鳴らした慎吾が、作彦に見廻《みまわ》りに行くぞと言って、逃げ出した。
外へ駆け出た慎吾は、人でにぎわう通りを歩みながら空を見上げた。
すっきりと晴れた江戸の空には、大福のように真っ白い雲がぽつりと浮かんでいた。
慎吾は、気持ちがいい空に手を伸ばし、目をつむって背伸びをした。
松と女房に見せつけられたからか、つい口から出た。
「夫婦は、いいものだな」

小学館文庫
好評既刊

春風同心十手日記〈一〉

佐々木裕一

ISBN978-4-09-406843-6

定町廻り同心の夏木慎吾が殺しのあったという深川の長屋に出張ってみると、包丁で心臓を刺されたままの竹三が土間で冷たくなっていた。近くに女物の匂い袋が落ちていたところを見ると、一月前に家を出ていった女房おくにの仕業《しわざ》らしい。竹三は酒癖が悪く、毎晩飲んでは、暴力をふるっていたらしいのだ。岡っ引きの五六蔵や女医の華山らに助けを借りて探索をはじめた慎吾だったが、すぐに手詰まってしまい……。頭を抱えて帰宅した慎吾の前に、なんと北町奉行の榊原忠之が現れた!? しかも、娘の静香まで連れているのは、一体なぜ？ 王道の捕物帳、シリーズ第１弾！

小学館文庫
好評既刊

春風同心十手日記〈二〉
黒い染み

佐々木裕一

ISBN978-4-09-406867-2

定町廻り同心の夏木慎吾は、亡骸《なきがら》にしがみつき、嗚咽しているお百合に胸を痛めていた。殺されたのは、三日前に祝言を挙げるはずだった、油問屋西原屋の跡取り息子の清太郎。首を絞められ、大川に突き落とされたらしい。泣き止んだお百合がふいに訴えた。「あたし、下手人を知っています」。思いもよらない言葉に、慎吾と岡っ引きの五六蔵は驚いた。お百合は、以前から不審な男に付きまとわれていたというのだ。すると、その男がお百合を想うあまり、邪魔な清太郎を殺したというのか——。まずは、女医の国元華山に検屍を頼んだ慎吾だったが……。人気絶好調の捕物活劇第２弾。

小学館文庫
好評既刊

春風同心十手日記〈三〉
悪党の娘

佐々木裕一

ISBN978-4-09-407047-7

漆《うるし》問屋の金をすべて盗んだうえ、女子供まで皆殺しにした盗賊笹山の閻僧《えんぞう》。夏木慎吾ら同心は探索に必死だが、火盗改からの報せでは、店の者が気付かぬうちに、潰れぬ程度の金を盗み取るのが、これまでの笹山の閻僧の流儀らしい。なぜ急に変わったのか？　偽者の仕業《しわざ》なのか？　江戸市中が怯《おび》えるある日、慎吾が親しくしている料亭で働くおもよの前に、旧知の平次が姿を現した。なんと料亭の金蔵のありかを絵図にしろと言うではないか。訝《いぶか》るおもよに平次は、お前の父からの言付けだと口にする。そして思いも寄らぬ真実を聞かされたおもよは……。手に汗握る第３弾！

小学館文庫
好評既刊

孫むすめ捕物帳 かざり飴

伊藤尋也

ISBN978-4-09-407073-6

奉行所の老同心・沖田柄十郎《へいじゅうろう》は、人呼んで窓際同心。同僚に侮《あなど》られているが、可愛い盛りの孫、とらとくまのふたりが自慢。十二歳のとらは滅法強い剣術遣いで、九歳のくまは蘭語に堪能。ふたりの孫を甘やかすのが生き甲斐だ。今日も沖田は飴をご馳走しようとふたりを連れて、馴染みの飴細工屋までやって来ると、最近新参の商売敵に客を取られていると愚痴をこぼされた。励まして別れたはいいが、翌朝、飴細工売りが殺されたとの報せが。とらとくまは、奉行所で厄介者扱いされているじいじ様に手柄を立てさせてやりたいと、なんと岡っ引きになると言い出した!?

小学館文庫
好評既刊

勘定侍 柳生真剣勝負〈一〉 召喚

上田秀人

ISBN978-4-09-406743-9

大坂一と言われる唐物問屋淡海《おうみ》屋の孫・一夜は、突然現れた柳生家の者に御家を救えと、無理やり召し出された。ことは、惣目付《そうめつけ》の柳生宗矩《むねのり》が老中・堀田加賀守《かがのかみ》より伝えられた、四千石の加増にはじまる。本禄と合わせて一万石、晴れて大名となった柳生家。が、大名を監察する惣目付が大名になっては都合が悪い。案の定、宗矩は役目を解かれ、監察される側に立たされてしまう。惣目付時代に買った恨みから、難癖をつけられぬよう宗矩が考えた秘策が一夜だったのだ。しかしなぜ召し出すのが商人なのか？　廻国中の柳生十兵衛も呼び戻されて。風雲急を告げる第１弾！

小学館文庫
好評既刊

親子鷹十手日和

小津恭介

ISBN978-4-09-407036-1

かつて詰碁同心と呼ばれた谷岡祥兵衛は、いまでは妻の紫乃とふたりで隠居に暮らす身だ。食いしん坊同士で意気投合、夫婦になってから幾年月。健康に生まれ、馬鹿正直に育った息子の誠四郎に家督を譲り、気の利いた美しい春霞《はるか》を嫁に迎え、気楽な余生を過ごしている。今日も近所の子たちに玩《おも》具《ちゃ》を作ってやっていると、誠四郎がやって来た。駒込で旅道具を商う笠の屋の主・弥平が殺されたというのだ。亡骸《なきがら》の腹に突き立っていたのは剪定鋏《せんていばさみ》。そして盗まれたのは、たったの一両。抽斗《ひきだし》には、まだ十九両も残っているのだが……。不可解な事件に父子で立ち向かう捕物帖。

小学館文庫
好評既刊

うちの宿六が十手持ちで すみません

神楽坂 淳

ISBN978-4-09-406873-3

江戸柳橋で一番人気の芸者の菊弥は、男まさりで気風《きっぷ》がよい。芸は売っても身は売らないを地でいっている。芸者仲間からの信頼も厚い菊弥だが、ただ一つ欠点が。実はダメ男好きなのだ。恋人で岡っ引きの北斗は、どこからどう見てもダメ男。しかも、自分はデキる男と思い込んでいる。なのに恋心が吹っ切れない。その北斗が「菊弥馴染みの大店が盗賊に狙われている」と知らせに来た。が、事件を解決しているのか、引っかき回しているのか分からない北斗を見て、菊弥はひとり呟くのだった。「世間のみなさま、すみません」——気鋭の人気作家が描く、捕物帖第１弾！

小学館文庫
好評既刊

付添い屋・六平太
龍の巻　留め女

金子成人

ISBN978-4-09-406057-7

時は江戸・文政年間。秋月六平太は、信州十河藩の供番（駕籠を守るボディガード）を勤めていたが、十年前、藩の権力抗争に巻き込まれ、お役御免となり浪人となった。いまは裕福な商家の子女の芝居見物や行楽の付添い屋をして糊口をしのぐ日々だ。血のつながらない妹・佐和は、六平太の再仕官を夢見て、浅草元鳥越の自宅を守りながら、裁縫仕事で家計を支えている。相惚れで髪結いのおりきが住む音羽と元鳥越を行き来する六平太だが、付添い先で出会う武家の横暴や女を食い物にする悪党は許さない。立身流兵法が一閃、江戸の悪を斬る。時代劇の超大物脚本家、小説デビュー！

小学館文庫
好評既刊

死ぬがよく候〈一〉 月

坂岡 真

ISBN978-4-09-406644-9

さる由縁《ゆえん》で旅に出た伊坂八郎兵衛は、京の都で命尽きかけていた。「南町の虎」と恐れられた元隠密廻り同心も、さすがに空腹と風雪には耐え切れず、ついに破《や》れ寺《でら》を頼り、草鞋《わらじ》を脱いだ。冷えた粗菜にありついたまではよかったが、胡散臭《うさんくさ》い住職に恩を着せられ、盗まれた本尊を奪い返さねばならぬ羽目に。自棄《やけ》になって島原の廓《くるわ》に繰り出すと、なんと江戸で別れた許嫁《いいなずけ》と瓜二つの、葛葉《くずのは》なる端女郎《はしじょろう》が。一夜の情を交わした翌朝、盗人どもを両断すべく、一条戻橋《いちじょうもどりばし》へ向かった八郎兵衛を待ち受けていたのは……。立身《たつみ》流の秘剣・豪撃《こわうち》が悪党を乱れ斬る、剣豪放浪記第１弾！

小学館文庫
好評既刊

人情江戸飛脚
月踊り

坂岡 真

ISBN978-4-09-407118-4

どぶ鼠の伝次は余所様《よそさま》の隠し事を探る商売、影聞きで食べている。その伝次、飛脚を商う兎屋の主で、奇妙な髷《まげ》に傾《かぶ》いた着物をまとう粋人の浮世之介にお呼ばれされた。瀟洒《しようしゃ》な棲家《すみか》狢亭《むじなてい》に上がると、筆と硯《すずり》を扱う老舗大店の隠居・善左衛門が——。倅の嫁おすまに悪い虫がついたらしく、内々に調べてほしいという。「首尾よく間男と縁を切らせたら、手切れ金の一割、千両なら百両を払う」と約束する隠居に、生唾を飲み込む伝次。ところが、思わぬ流れとなり、邪な渦に呑み込まれ……。風変わりで謎の多い浮世之介とともに弱きを救い、悪に鉄槌《てつつい》を下す、痛快無比の第１弾！

駆け込み船宿帖 ぬくもり湯やっこ

澤見 彰

ISBN978-4-09-406799-6

江戸深川に建つ、小さな船宿山谷屋の女主・志津は、亡き父の跡を継ぎ、大叔父の捨蔵と宿を営んでいる。ある日、船頭の百助《ひゃくすけ》が、川面《かわも》に浮かんでいた若い女を担ぎ込んできた。生気を取り戻した女は小声で呟く。復讐してやる——。おみねと名乗る女に何があったのか？　志津と捨蔵、百助は、手をかけた料理と絞った知恵で、おみねを絶望の淵から救おうと奔走する。三人をよく知る同心の後藤多一郎からの助太刀も得たが、予期せぬ困難が訪れてしまい……。辛い過去を持つ客を癒し、新しい人生への旅立ちを手伝う、温かい船宿の人々を描く、ぬくもりと感動の連作時代小説。

小学館文庫
好評既刊

さんばん侍 利と仁

杉山大二郎

ISBN978-4-09-406886-3

二十四歳の鈴木颯馬《そうま》は、元は町人の子。幼くして父を亡くし、母とふたりの貧乏暮らしが長かった。縁あって、手習い所で働くうち、大器の片鱗《へんりん》を見せはじめた颯馬だが、十五歳の時に母も病で亡くし、天涯孤独の身となってしまう。が、捨てる神あれば拾う神あり。ひょんなことから、田中藩江戸屋敷に勤める鈴木武治郎に才を買われ、めでたく養子に。だが、勘定方に出仕したのも束の間、田中藩領を我が物にせんとする老中格の田沼意次《おきつぐ》と戦うことに。藩を救うべく、訳ありで、酒問屋麒麟《きりん》屋の番頭となった颯馬に立ち塞《ふさ》がる壁、また壁！　江戸の剣客商い娯楽小説第１弾！

小学館文庫
好評既刊

突きの鬼一

鈴木英治

ISBN978-4-09-406544-2

美濃北山三万石の主百目鬼一郎太の楽しみは月に一度の賭場通いだ。秘密の抜け穴を通り、城下外れの賭場に現れた一郎太が、あろうことか、命を狙われた。頭格は大垣半象、二天一流の遣い手で、国家老・黒岩監物の配下だ。突きの鬼一と異名をとる一郎太は二十人以上を斬り捨てて虎口を脱する。だが、襲撃者の中に城代家老・伊吹勘助の伜で、一郎太が打ち出した年貢半減令に賛同していた進兵衛がいた。俺の策は家臣を苦しめていたのか。忸怩たる思いの一郎太は藩主の座を降りることを即刻決意、実母桜香院が偏愛する弟・重二郎に後事を託して単身、江戸に向かう。

小学館文庫
好評既刊

姉上は麗しの名医

馳月基矢

ISBN978-4-09-406761-3

老師範の代わりに、少年たちへ剣を指南している瓜生清太郎は稽古の後、小間物問屋の息子・直二から「最近、犬がたくさん死んでる。たぶん毒を食べさせられた」と耳にする。一方、定廻り同心の藤代彦馬がいま携わっているのは、医者が毒を誤飲した死亡事件。その経緯から不審を覚えた彦馬は、腕の立つ女医者の真澄に知恵を借りるべく、清太郎の家にやって来た。真澄は、清太郎自慢の姉なのだ。薬絡みの事件に、「わたしも力になりたい」と、周りの制止も聞かず、ひとりで探索に乗り出す真澄。しかし、行方不明になって……。あぶない相棒が江戸の町で大暴れする！

小学館文庫
好評既刊

うかれ堂騒動記 恋のかわら版

吉森大祐

ISBN978-4-09-407141-2

お転婆娘の一穂《いちほ》は事情《わけ》あって、かわら版屋うかれ堂を営む市右衛門と一緒に働いている。今日も今日とて、町奉行所の同心で幼馴染の吉田と鉢合わせた。その吉田が手にしているのは旨そうなウナギの折詰。どうやら土用の丑《うし》にかこつけ、江戸前と偽って仕入れたウナギで荒稼ぎしている不届きな店が増えているらしい。そこで奉行所は押収した各店のウナギを食べ比べて、江戸前か否かを判じることにしたという。ウナギを食べたい一心の一穂が判じ役を買って出たのはいいものの、長屋の仲間まで巻き込んでの大騒動になってしまい……。抱腹絶倒、落涙必死の時代小説！

小学館文庫
好評既刊

浄瑠璃長屋春秋記
照り柿

藤原緋沙子

ISBN978-4-09-406744-6

三年前に失踪した妻・志野を探すため、弟の万之助に家督を譲り、陸奥国平山藩から江戸へ出てきた青柳新八郎。今では浪人となって、独りで住む裏店に『よろず相談承り』の看板をさげ、見過ぎ世過ぎをしている。今日も米櫃《こめびつ》の底に残るわずかな米を見て、溜め息を吐いていると、ガマの油売り・八雲多聞がやって来た。地回りに難癖をつけられていたところを救ってもらった縁で、評判の巫女占い師・おれんの用心棒仕事を紹介するという。なんでも、占いに欠かせぬ亀を盗まれたうえ、脅しの文まで投げ入れられたらしい。悲喜こもごもの人間模様が織りなす、珠玉の第１弾。

本書のプロフィール

本書は、二〇一二年七月徳間文庫から刊行された『春風同心家族日記　無明の剣』を改題、改稿したものです。

小学館文庫

春風《はるかぜ》同心《どうしん》十手《じって》日記《にっき》〈四〉
月光《げっこう》の剣《けん》

著者　佐々木裕一《ささきゆういち》

二〇二二年十月十一日　初版第一刷発行

発行人　石川和男
発行所　株式会社 小学館
〒一〇一-八〇〇一
東京都千代田区一ツ橋二-三-一
電話　編集〇三-三二三〇-五九五九
販売〇三-五二八一-三五五五
印刷所 ―― 中央精版印刷株式会社

この文庫の詳しい内容はインターネットで24時間ご覧になれます。
小学館公式ホームページ　https://www.shogakukan.co.jp

ISBN978-4-09-407190-0